Hans Baesekow

Eine kleine Rathenower Geschichte

Erlebnisse eines alten Märkers in seiner Geburtsstadt

Herstellung und Verlag:
BoD - Books on Demand, Norderstedt
ISBN 978-3-7347-4561-4

Inhaltsverzeichnis

1. Meine Kindheit (1934 – 1945) 7
2. Meine Jugend (1945-1954) 13
3. Meine Reifezeit (1954 – 1960) 40
4. Epilog 49
5. Bilder meiner Stadt 52
6. Nachtrag 58
7. Zufälle und Entscheidungen 60
8. Vorfahren und Nachkommen 64
9. Ein Tag im Februar (2007) 73
10. Nachwort 75

Meine Lebensphilosophie:
„Habe die Gelassenheit, Dinge hinzunehmen, die du nicht ändern kannst, den Mut und die Kraft, Dinge zu ändern, die du ändern kannst und die Weisheit, das eine vom anderen zu unterscheiden."
(Marie von Ebner-Eschenbach)

1. Meine Kindheit (1934 – 1945)

Zuweilen komme ich wieder zurück in meine Geburtsstadt Rathenow. Da außer Lothar Schmidt alle meine alten Freunde in andere Gegenden verzogen sind, ist es meist nur noch zweimal im Jahr: im November schmücken wir die Gräber zum Totensonntag, und im Frühjahr werden sie wieder abgedeckt, d.h. der Winterschmuck entfernt. Meines Vaters Grab ist längst verschwunden, hier stehe ich jetzt an einer Streuwiese. Keine hundert Meter weiter befindet sich auf dem städtischen Friedhof das Urnengrab meiner Mutter, sie überlebte ihren Mann
16 Jahre und starb 1986. Geht man von der Milower Straße den Weinberg hinauf, befindet sich auf der rechten Seite der kirchliche Friedhof. Hier ruhen in einer Grabstelle vereint meine Tante Elise und ihr Mann Max Lücke. Ach ja, der Weinberg! Von Premnitz her kommend, grüßt schon vor dem Stadteingang in der Ferne der Bismarckturm. Er steht eben auf diesem kleinen Hügel als ein Wahrzeichen meiner Heimatstadt. Wenn ich ihn auftauchen sehe, weiß ich, ich bin gleich wieder in Rathenow.

Am 4.Tag im Monat Oktober des Jahres 1934 erblickte ich in der Bergstraße 3 das Licht der Welt. Es war eine Hausgeburt, und ich soll ein strammer Junge gewesen sein. Ich war das erste Kind, dass meine Mutter mit 31 Jahren zur Welt brachte, und ich sollte auch ihr einziges bleiben. Trotzdem hatte ich eine Schwester Edith, die mein Vater aus erster Ehe besaß, also eine so genannte Halbschwester, immerhin 10 Jahre älter. Unsere Wohnung befand sich in einem kleinen einstöckigen Haus der Familie Heinze, in einer der älteren Straßen der Stadt. Wenn ich später, als ich schon lange nicht mehr in Rathenow wohnte, diese Straße entlang ging, dachte ich im Spaß, vielleicht wird sich einst an diesem Haus eine Gedenktafel befinden mit der Aufschrift :" Hier wurde der Sohn unserer Stadt Hans Baesekow geboren und verbrachte die ersten 6 Jahre seines Lebens." Aber meine Berühmtheit hielt sich in engen Grenzen, ich war eben kein Johann Heinrich August Duncker mit großen Verdiensten um seine Stadt. Und als ich später wieder einmal hier vorbeikam, waren die ersten 3 Häuser in der Bergstraße abgerissen, an der Stelle meines Geburtshauses befand sich ein freier Platz. Aber das Nachbarhaus, die Nummer 4 stand ja noch, und auch zu diesem Haus hatte ich eine enge Beziehung. Hier wurde nur fast zwei Monate später, am 26.11.1934, ebenfalls ein Junge geboren, der zweite Sohn der Familie Hinneburg bekam den Namen Günter. So kam es, dass wir beide im September 1941 in der Neustädtischen Schule zusammen eingeschult wurden, wobei sich eine unvergleichliche und herzliche Freundschaft zwischen uns entwickelte, die auch heute nach Jahrzehnten noch Bestand hat. Obwohl sich unsere Lebenswege nach dem Ende der Oberschulzeit trennten, riss unsere Verbindung nie ab. So viele Gemeinsamkeiten, ergänzende Gegensätze und verbindende Erlebnisse schweißten das Freundesband fest zusammen. Heute trennt uns beide die räumliche Entfernung zwischen Rostock und Dessau, aber sie ist nicht so groß, dass wir uns nicht jedes Jahr ein paar mal treffen. Er ist bis heute mein bester Freund geblieben.

Wir waren also beide schon fast 7 Jahre alt, als wir das erste Mal mit einer großen Schultüte das Klassenzimmer betraten. Ohne Überheblichkeit kann ich sagen, dass wir beide während unserer gemeinsamen Schulzeit stets zu den guten Schülern gehörten und das Klassenkollektiv prägten. Natürlich blieben wir dadurch auch nicht sitzen und brauchten trotzdem 13 Jahre, um im Sommer 1954 mit dem Abitur aus der Karl-Marx-Oberschule entlassen zu werden. Schuld daran hatte der 2.Weltkrieg, der ja bei Schulbeginn bereits in das zweite Jahr eintrat. Als wir nämlich 1944 die 4.Klasse begonnen hatten, gab es durch die Kriegseinwirkungen kaum noch geregelten Unterricht, so dass wir nach Kriegsende unverschuldet noch einmal mit der gleichen Klasse anfangen mussten.

Wenn wir heute in Erinnerung noch einmal die große Zahl von Lehrern und Lehrerinnen Revue passieren lassen, die unseren jugendlichen Lebensweg begleiteten und prägten, so denken wir mit mehr oder weniger Dankbarkeit an fast alle. So besonders zum Beispiel in den ersten Jahren unserer Schulzeit an den damals schon alten Herrn Schumacher, an Herrn Gerhard Dannehl, später dann an Herrn Sparmann und Fräulein Vater, Herrn Heinrich Mede und Frau Moritz und stark ausgeprägt an Herrn Heinz Schirrholz.

Aber der Reihe nach. In den ersten Jahren unserer Schulzeit merkten wir noch nicht viel vom Krieg. Mein Vater arbeitete als Werkzeugmacher in der optischen Firma Duchrow in der Mittelstraße. Er war mittlerweile über 40 Jahre alt und in einem kriegswichtigen Betrieb tätig, so dass er nicht als Soldat eingezogen wurde. Ich glaube, es war Ende1941, als wir mit Vermittlung des Betriebes von der Bergstraße 4 in die Jägerstraße 87 umzogen und hier im ersten Stock eine schönere und größere Wohnung bekamen. Trotzdem ging ich weiter in die Neustädtische Schule, pendelte auch sonst ständig zwischen Jäger- und Bergstraße, weil ich ja mit meinem Freund Günter Hinneburg Schularbeiten machen musste, oder weil es zu Hause mal nicht so etwas nach meinem Geschmack zu essen gab und ich bei meiner Großmutter Wagener , die ebenfalls in der Bergstraße wohnte, was besseres bekam. Übrigens: die Jägerstraße hieß bald darauf Straße der SA, und nach dem Kriege wurde sie in Goethe-Straße umbenannt. Aber da waren die Häuser Nummer 87 – 92 nur noch Ruinen und erst ab der Nummer 86 (Pestalozzi- oder auch Hilfsschule) noch bewohnbar.

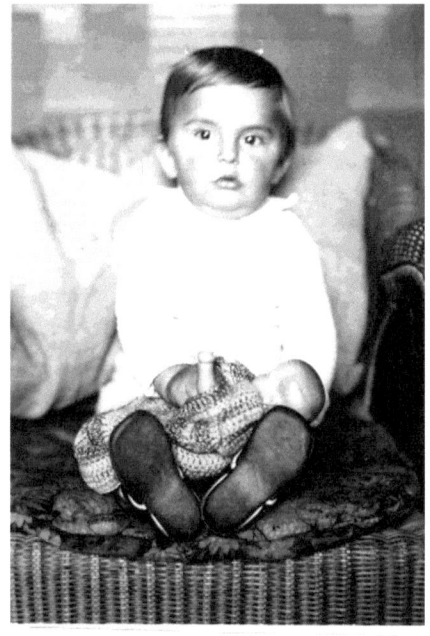

Auf einer Bank im Hof der Bergstraße 3
im Jahre 1935. (links meine Schwester Edith)

Das erste Foto von mir im 1. Lebensjahr

Am Königssee in Bayern Juli 1942
(neben mir Tante Lieschen, ganz rechts Onkel Max)

Bald schon bekamen auch wir den Krieg zu spüren. Immer häufiger gab es Fliegeralarm, ich kann mich noch deutlich an die Kondensstreifen erinnern, wenn hoch am blauen Himmel die todbringenden Bomber nach Berlin flogen. Wir saßen aber meist im Luftschutzkeller unseres Hauses und warteten sehnsüchtig auf die Entwarnung. Eines Tages, es war wohl der 18. April 1944, erfolgte auch ein Luftangriff auf Rathenow. Ein furchtbares Getöse, Detonationen ganz in der Nähe und die schreckliche Angst, es könnte auch bei uns einschlagen. Als es wieder ruhig geworden war, ging mein Vater mit anderen Männern nach oben, um nach dem Rechten zu sehen. Wie sie berichteten, brauchten sie nur eine Brandbombe mit Sand zu löschen, die ihren Weg durch das Dach nur bis zum Boden gefunden hatte. Bekanntlich gab es bei diesem Luftangriff viele Tote und Verletzte in Rathenow. Zahlreiche Häuser in der Innenstadt und auch ganz in der Nähe waren zerstört. Es gab da noch so einen beißenden Brandgeruch, der auf der Straße zu spüren war. Er ist in meiner Erinnerung so stark haften geblieben, dass mir reflektorisch dieses Ereignis wieder bewusst wird, wenn ich heute zufällig an einer Brandstelle vorbeikomme. Übrigens war auch unser Apollo-Theater, das größte und bekannteste Kino der Stadt, ausgebrannt, es stand an der Ecke zur Berliner Straße auf dem heutigen Märkischen Platz. Da ich ein begeisterter Kinogänger war, tat mir das besonders leid, weil ich künftig in das weniger schöne Kino „Capitol" gehen musste. Einige Filme sind mir besonders in Erinnerung geblieben: „Standschütze Bruckler", "Kadetten", „Der große König", „Choral von Leuthen" oder „Die große Liebe". Ich weiß heute noch nicht, wie ich in den letzteren Film mit meinen knapp 10 Jahren hineingekommen bin, aber so war ich schon damals ergriffen, als Zarah Leander am Schluss des Films sang: „Ich weiß, es wird einmal ein Wunder geschehn". Es war eigentlich schon ein widersprüchliches Phänomen: einerseits die jugendliche Begeisterung für diese Kriegsfilme und andererseits die panische Angst, wenn die Bomben fielen.

Dann kam die Zeit, wo wir fast jede Nacht in den Luftschutzkeller mussten. In dem Fabrikgebäude der Firma Duchrow gab es einen besonders hergerichteten Luftschutzraum, der war sicherer als der im Keller unseres Hauses. Auf einem direkten Verbindungsweg zwischen Jäger- und Mittelstraße gelangten wir über die Höfe dorthin und trafen dann hier auch auf die Bewohner der benachbarten Häuser. Das Brummen der Flugzeuge drang bis in den Luftschutzraum. Ich weiß noch, dass ich mir dann aus Angst immer die Ohren zuhielt, als ob ich damit auch die Gefahr von mir fernhalten konnte. Bei uns fielen jedoch keine Bomben mehr.

Was ist mir aus dieser Zeit noch in Erinnerung geblieben? Insbesondere meine Erkrankung an Diphtherie und der Aufenthalt in der Isolierstation des Krankenhauses. Wieder genesen, aber noch sehr geschwächt, wurde beschlossen, dass ich meine Tante und meinen Onkel im Juli 1942 auf ihrer „Kraft-durch-Freude"-Reise nach Ruhpolding in Bayern begleiten durfte. Eine lange Bahnfahrt mit Umsteigen in München und ein herrlicher Aufenthalt in der für mich doch unbekannten Hochgebirgswelt. Genau so unbekannt, wie die schmackhaften Walderdbeeren und das Glas Buttermilch mit kleinen Butterstückchen darin. Ja, es ist schon eigenartig, welche Kleinigkeiten im Gedächtnis eines 8-jährigen Jungen haften bleiben.

Den so erfreulichen Urlaubseindrücken sollten bald schlimme Ereignisse folgen, die sich wieder in meiner Heimatstadt ereigneten. Der Krieg kehrte zu seinem Ausgang zurück, und die Front rückte von Osten her immer näher. Man erzählte später, um der Waffen-SS den Rückzug über die Elbe zu ermöglichen, musste die Stadt mit allen Mitteln „verteidigt" und die Russen möglichst lange aufgehalten werden. Davon wussten wir aber zu dem Zeitpunkt noch nichts, als eines Tages im April 1945 die Sirenen heulten. Dieses Mal kein Luftalarm, sondern „Feindalarm". Mein Vater sagte, nehmt nur das Notwendigste mit, denn morgen können wir sicherlich wieder in unseren Betten schlafen. Es sollte nun zwar das letzte Mal sein, dass wir den Luftschutzkeller der Firma Duchrow aufsuchten, aber unsere Wohnung konnten wir nie wieder betreten. Ich weiß nicht mehr, wie lange die Zeit in diesem Raum mit der Panzertür dauerte, vielleicht eine Woche oder auch nur 2 Tage? Wieder wie damals beim Luftangriff ein furchtbares Getöse, Granateinschläge wohl ganz in der Nähe. Ein deutscher Stoßtrupp hastet durch die Kellerräume, kurz danach wieder der Rückzug mit einem Verwundeten, der bei uns zurückbleibt. Draußen soll ein toter Soldat liegen, mein Vater geht hinaus, um ihn abzudecken, damit uns Kindern der Anblick erspart bleibt. Er kehrt unversehrt in den Keller zurück. Dann plötzlich die Meldung: „Unser Haus brennt!" Eine Frau hastet davon, um noch Sachen zu retten, kehrt jedoch kurz danach zurück, weil auf sie geschossen wurde. Wir müssen hilflos zuschauen, wie die Flammen aus den Fenstern schlagen und alles ein Raub des Feuers wird. Ich bin 10 Jahre und kann die Tragweite vielleicht nicht vollends erfassen, aber wie muss es meinen Eltern ergangen sein?! Später wird mein Vater dann sagen: "Wenn wir auch vieles verloren haben, das Wichtigste, wir sind selbst unversehrt aus den Wirren des Krieges herausgekommen." Doch zu diesem Zeitpunkt steht das noch nicht fest. Noch zittern die Wände von den Granateinschlägen, noch fragen alle, wann hört das endlich auf. Da trifft mein Vater die Entscheidung: „Wir flüchten aus der Stadt aufs Land". Es ist nachmittags, als einmal etwas Ruhe eingetreten ist, da packen wir unsere paar Habseligkeiten und verlassen den Keller in Richtung Mittelstraße. In der Waldemarstraße stehen deutsche Soldaten in den Hauseingängen mit Blickrichtung zur Jägerstraße, wo sich der „Feind" befindet. Wir hasten an ihnen vorbei in die Gegenrichtung. An der Ecke Fehrbelliner-Straße liegt eine tote Frau mit einem Rucksack auf dem Rücken. Zum ersten Mal in meinem Leben sehe ich einen toten Menschen.

Weiter geht es in Richtung Berliner Straße. Wieder Schüsse, wir sind mitten im Frontabschnitt. Auf der Brücke an der alten Schleuse steht ein deutscher Panzer, sein Geschütz zielt in östliche Richtung. Als wir ihn passieren, atmen wir auf, die unmittelbare Gefahr scheint vorüber. An den Haustüren in der Altstadt stehen noch neugierige Menschen und wollen wissen, was da los ist, wo wir herkommen. Sie ahnen noch nicht, dass kurze Zeit später auch ihre Häuser zerstört sein werden. Am Abend erreichen wir Neue Schleuse (Rathenow-West). Mein Vater beschließt, hier erst einmal zu übernachten. In der Ferne, nur wenige Kilometer von uns, das Grummeln der Geschütze und, woran ich mich noch heute genau erinnern kann, ein glutroter Himmel im Osten : Die Stadt brennt.

Am nächsten Morgen geht es weiter in westliche Richtung. Kurz hinter Schollene werden wir von zwei Tieffliegern überrascht. Schnell in den Straßengraben. Ohne dass sie schießen, brausen sie über uns hinweg. Nach fast 30 Kilometern Fußmarsch über Molkenberg und Rehberg erreichen wir unser Ziel: Warnau. Hier wohnt die Tante meiner Mutter, Luise Schulz, allein auf einem Bauernhof. Ihren Mann hat sie im ersten und ihren einzigen Sohn im zweiten Weltkrieg verloren. Wir werden ohne Zögern aufgenommen—endlich eine ruhige Stelle, wo nicht geschossen wird.

Ich kann mich nicht mehr erinnern, wie viele Tage vergehen, bis die russische Armee auch diesen Ort erreicht hat. Jedenfalls sitzen wir wieder im Keller, aber kein Geschützdonner ängstigt uns. Plötzlich kommt ein russischer Soldat herein, der erste, den ich sehe. Mit vorgehaltener Pistole verlangt er: „Uri, Uri". Doch es hat wohl keiner eine Uhr griffbereit. Es sitzen noch mehr Flüchtlinge im Keller; ein Mann muss mit ihm gehen, als er ihm klarmachen will, dass vielleicht der Nachbar eine Uhr hat. Wir sehen ihn nicht wieder.

Auch sonst geht die Angst um, besonders bei den Frauen. Ein jüdischer Kommissar mit guten Deutschkenntnissen gibt einigen die Möglichkeit, in seinem Standortquartier zu übernachten. Obwohl er das Verhalten seiner Soldaten unter dem Aspekt der Kriegsführung nicht unverständlich fände, würde er jeden erschießen, der plündert oder vergewaltigt.

So vergeht die Zeit zwischen Bangen, Warten und Hoffen. Ich weiß nicht, wie viele Wochen vergangen sind, als mein Vater, dieses Mal mit dem Fahrrad, nach Rathenow aufbricht, um die Lage zu erkunden. Unterwegs muss er zwangsweise mit einem russischen Soldaten sein Fahrrad gegen ein wesentlich schlechteres austauschen. Aber er kommt mit der Nachricht wieder, es geht zurück nach Rathenow. Wir könnten bei seiner Mutter (meiner Großmutter) in der Mittelstraße 15 einziehen. Im Hinterhaus bei ihr gibt es zwar nur 2 Zimmer, aber eine Zeitlang werden wir es schon bei ihr aushalten.

Ich bin noch oft nach Warnau zurückgekehrt, vor allem in meinen Schulferien. Manchmal zu Fuß mit meinem Onkel Max, später auch mit dem Landbus oder dem Dampfer Dora der Firma Fahlenberg. Ich habe die einzige Kuh meiner Tante auf der Weide gehütet, fürs Holzhacken eine Landbrotschnitte mit selbstgemachter Butter bekommen und dann auch einmal beim Schweinschlachten geholfen. Ich habe mit Holzpantinen auf den abgeernteten Feldern Ähren gesammelt („gelesen", wie es damals hieß) und die paar Kilo Körner in der Mühle von Rehberg gegen Mehl umgetauscht. Eines Tages habe ich auch mit meinem Freund Günter Hinneburg auf dem Fahrrad meine Großtante wieder besucht. So bleibt das Dorf Warnau, wo schon meine Großmutter und meine Urgroßeltern geboren wurden, immer in meiner Jugenderinnerung haften.

Aber zurück nach Rathenow. Im Gegensatz zu der Fußwanderung nach Warnau, die sich mir so fest einprägte, habe ich die Rückkehr nach Rathenow kaum noch in Erinnerung. Jedenfalls wohnten wir nun auf dem Hinterhof in der Mittelstraße 15, vorn im Hauptgebäude hatte sich eine russische Offiziersfamilie einquartiert. Es dauerte aber nur ein paar Monate, da zogen die Russen aus, und wir bekamen die Wohnung hochparterre zugewiesen. Wir mussten zwar Flur und Toilette gemeinsam mit der Familie Hennies benutzen, hatten aber Küche, Wohn- und Schlafzimmer ganz für uns allein. Erst als im April 1985 meine Mutter ins Pflegeheim einzog, verließ unsere Familie die Mittelstraße 15 endgültig.

2. Meine Jugend (1945-1954)

1945 bestand die einst so schöne Stadt Rathenow zum großen Teil nur noch aus Ruinen. Trotzdem normalisierte sich das Leben wieder langsam. Nie wieder einen Krieg, nie wieder eine Waffe in die Hand! Mein Vater, bislang in keiner Partei gewesen, trat nun in die SPD ein. Die Ernährungslage war äußerst kritisch; es gab wohl bald Lebensmittelkarten, aber damit konnte man nur mühsam satt werden. Überall gab es auch Menschenschlangen vor den Läden, ich musste bei Milchmann Ihde in der Waldemarstraße anstehen; noch länger war die Schlange vor dem Pferdefleischer in der Nauener Straße, denn dort kaufte man ohne Marken ein, jedoch immer mit der Angst, hoffentlich reicht die Ware noch bis zu mir. Aus dieser Zeit stammt wohl meine Allergie gegen Schlangestehen. Ich konnte mich in späteren Jahren in keine Schlange mehr einreihen, ohne Platzangst zu bekommen.

Die Geschicklichkeit und Berufserfahrung meines Vaters als Werkzeugmacher brachte es mit sich, dass er für Uhrenreparaturen auf dem Lande immer ein paar Kartoffeln oder einen Beutel Mehl mitbrachte. Ein wenig half auch dann unser Kleingarten in der Havelkolonie, wenngleich es hier noch andere ungebetene Erntehelfer gab.

Im September 1945 begann auch der Schulunterricht wieder. Wie schon gesagt, mussten wir noch einmal mit der 4. Klasse in der Neustädtischen Schule beginnen. Nicht ganz verständlich ist mir heute, dass wir unter Aufsicht unseres Lehrers, Herrn Schumacher, Munition auf dem Schulhof am Weinberg sammeln mussten. Im Unterricht erhielt man aber bei guten Leistungen eine halbe Birne aus seinem Garten als Belohnung, fast wie im Gedicht bei Herrn Ribbeck im Havelland.

Aus Mangel an Heizmaterial musste die Schule im Winter zeitweise schließen. Unser damaliger Lehrer, Herr Dannehl, hielt daraufhin den Unterricht für die Schüler seiner Klasse in der eigenen Wohnung ab; einen Tag vorher hatte unsere Klasse dafür Sägespäne zum Heizen gesammelt (Tagebuchnotiz vom 9.2.1947).

Es gibt ein Stadium in der Kindheit, da versuchen viele durch Rückwärtslesen der Worte neue, lustig klingende Sätze zu bilden. Jedenfalls hieß ich bald „Snah Wokeseab" und mein Freund „Retnüg Grubennih". Ein Zeitstückchen weiter lasen wir dann sehr gerne Wildwestromane. Ich glaube, wir erhielten sie von Günter Hinneburgs Tante, die in Westberlin wohnte. Sie gaben uns auch Anregung, auf dem Weinberg ungezwungen herumzutoben. Der Bismarckturm war zwar arg demoliert, aber über eine herabhängende Eisenleiter (nicht ungefährlich) gelangten wir bis zum oberen Rundumlauf. Von hier bot sich ein unvergesslicher Anblick auf die zerstörte Stadt Rathenow und auch auf die gesprengte Eisenbahnbrücke über die Havel, wo daneben später eine Behelfsbrücke errichtet wurde. Durch unsere Wildwest-Bücher in der Phantasie angeregt, gaben wir uns jetzt die Namen ihrer Helden. Ich war der Sheriff

Tom Swyler aus Lake Hill, mein Freund Günter der Sheriff Tex Blanco aus Pineville. Fortan durften wir uns nur noch mit diesen Namen anreden, ich hieß „Toma", mein Freund „Texas". Diese Jugendmarotte überdauerte die Jahre; selbst unser Klassenlehrer, Herr Schirrholz, redete uns mit diesen vertrauten Namen an, und meine spätere Freundin, Helga Meyer aus der Klasse 11 B, musste erst ihre Freundin fragen, wie heißt denn „Toma" eigentlich richtig ? Es ist schon etwas Wahrheit dabei, wenn der Regisseur Boreslaw Barlog meint: „Der einzige Name, der den Menschen wirklich charakterisiert, ist der Spitzname."

Der erste Nachkriegswinter ging vorüber, oft saßen wir abends im Dunkeln, weil mal wieder Stromsperre war. Das Jahr 1946 brachte ein Ereignis, welches einschneidende Veränderungen nach sich zog. Am 22. Oktober gegen 6 Uhr früh klopften russische Soldaten an unsere Haustür.

Drinnen erklärte ein Offizier, mein Vater müsse für einige Zeit nach Russland, um dort als „Spezialist" zu arbeiten. Viele optische Maschinen waren als Reparationsleistungen nach Russland gekommen, und die Menschen dort mussten wohl erst angelernt werden, um mit ihnen arbeiten zu können. Mit meinem Vater zusammen mussten als Fachkräfte auch Herr Kahle und Herr Fritze aus Neue Schleuse die weite Reise antreten. Sie hatten alle die Möglichkeit, ihre Familien mitzunehmen. Aber nach einer gegenseitigen Konsultation beschlossen sie, dass die drei Männer nur allein ins Ungewisse fahren. Viel später kam dann der erste Brief aus Isjum, einer Kleinstadt in der Ukraine bei Charkow. Dort waren auch noch ein paar Spezialisten aus Jena von den Zeiss-Werken eingetroffen, die aber alle mit ihren Familien. (Sieh auch: Zeitungsbericht vom 26.10.1996, aus der Sicht meiner Schwester).

Ich habe mich in späteren Jahren noch oft gefragt, welche Entwicklung hätte ich genommen, wäre meines Vaters Entscheidung damals anders ausgefallen. Immerhin sollten es über 5 Jahre der Trennung werden, denn erst im Januar 1952 kehrte mein Vater zurück. Und dabei hatte er am 17.4.1947 schon geschrieben: „Wenn ich bald zurückkomme, bringe ich dir eine Tafel Schokolade mit." Dann am 8.9.1950 anlässlich meines 16. Geburtstages: „Leider bin ich auch in diesem Jahr noch nicht in der Lage, dir persönlich zu gratulieren. Ich denke oft an dich und sehne die Zeit herbei, wo ich wieder bei euch bin. Wann das sein wird, entzieht sich noch immer meiner Kenntnis."

Westhavelländer 26.10.1996 Sonnabend

GESCHICHTE UND GESCHICHTEN

Morgens gegen sechs klopfte es ...
Drei Rathenower mußten am 22. Oktober 1946 in die Sowjetunion

Rathenow (MAZ). Ernst Bäsekow wurde am 27. September 1902 geboren. Im Februar 1970 verstarb er an Herzversagen. Fünf Jahre lang mußte er als Spezialist in der Sowjetunion arbeiten. Als was oder woran weiß seine Tochter bis heute nicht. Es sei denn jemand, der dabei war, berichtet jetzt.

Ernst Bäsekow selbst mußte eine Verpflichtung unterschreiben, darüber zu schweigen. Er war einst Werkzeugmacher bei der Firma Duchrow in der Mittelstraße. Am 22. Oktober 1946 gegen sechs Uhr früh klopften russische Soldaten an die Wohnungstür und verlangten, eingelassen zu werden. Drinnen erklärte ihm der Offizier, daß er für fünf Jahre in die Sowjetunion müsse: „Familie muß nicht. Du mußt!"

Zuvor hatten die Russen einen Herrn Kahle in Neue Schleuse herausgeklopft. Der hatte ihnen zwei geeignete Fachleute nennen müssen. So sind sie auf Herrn Bäsekow gestoßen und auf einen Herrn Fritze, ebenfalls in Neue Schleuse wohnhaft.

Frau Edith Bäsekow erinnert sich: „Mein Vater hat am 22. Oktober 1946 erklärt, er habe noch eine Tochter, die als Lehrerin in Niebede (Kreis Westhavelland, etwa 50 Kilometer von Rathenow entfernt) lebe. Er wolle sie fragen, ob sie mit ihm in die SU wolle. Daraufhin kamen die vier Russen mit meinem Vater per Lkw zu mir in die Schule. Ich fuhr mit ihnen per Lkw nach Rathenow, vorn zwischen Fahrer und Offizier sitzend. Meinen Vater bewachten im Laderaum die beiden Soldaten mit Gewehren. Ich hatte erklärt, ich wolle es mir noch überlegen, ob ich mitführe in die SU. Die Russen zeigten sich höflich und willigten ein. Meine Stiefmutter konnte sich nicht entschließen, ob sie mit meinem Vater und meinem damals zwölf Jahre alten Halbbruder in die SU gehen sollte.

Dann wollte ich schon mitfahren. Mein Vater wollte darauf wissen, ob denn Herr Kahle und Herr Fritze ihre Frauen mitnähmen. Zwei Russen blieben bei uns, Mittelstraße 15, meine ich. Die anderen fuhren mit meinem Vater zu Kahles nach Neue Schleuse, kamen bald zurück. Mein Vater berichtete uns, Kahle und Fritze führen allein. So wollte auch er allein fahren."

Die drei Rathenower sind etwa ein Vierteljahr unterwegs. Isjum, Kreis Charkow, wird für sie die Endstation der Fahrt. Dort treffen sie mit mehreren Familien aus Jena von den Zeiss-Werken zusammen. Sie erhalten Wohnungen zugewiesen, bessere als die der meisten Einheimischen. Der Verdienst ist so gut, daß Herr Bäsekow nach der Währungsreform in der sowjetischen Besatzungszone im Juni 1948 monatlich 1 000 „Spezialisten-Rubel" an seine Frau überweisen kann. Bei dem damaligen Vorzugskurs werden das 2 000 Mark. Davon hat er monatlich ein „wertvolles" Paket mit Kaffee usw. nach Hause geschickt.

Ernst Bäsekow erleidet in der SU einen Herzinfarkt. Doch im Januar 1952 kehrt er nach Hause zurück. Sein Arbeitsvertrag über fünf Jahre ist erfüllt.

Guido Walter

Im Verhältnis zu meinem Freund Texas war ich dabei noch nicht einmal so schlecht dran. Sein Vater, Fritz Hinneburg, war bereits 1943 als Soldat in Stalingrad gefallen.
Ich hatte ein sehr gutes Verhältnis zu meinem Vater und vermisste ihn sehr. Er hatte die Möglichkeit, uns nach einiger Zeit in vierteljährlichem Abstand große Holzkisten mit für uns wertvollem Inhalt zu schicken: Bohnenkaffee, Zigaretten, Schokolade, Fischkonserven und anderes. In Tauschaktionen auf dem Lande, z.B. in Warnau und

Spaatz, wurden daraus Kartoffeln, Mehl und Zuckerrüben, aus letzteren kochten wir dann Sirup.

Nach der Währungsreform 1948 konnte er uns dann monatlich eine bestimmte Menge Rubel überweisen, die bei einem Vorzugskurs von 1:2 einen doppelten Markbetrag ergaben. Außerdem gab es in Potsdam ein besonderes Geschäft, in dem auch die Familien der in Russland weilenden Spezialisten Mangelwaren einkaufen konnten. Ich glaube, es war zu meinem Geburtstag 1948, als mir meine Mutter aus diesem Geschäft einen Fotoapparat mitbrachte, in der damaligen Zeit fast eine Sensation für einen 14-jährigen Jungen. Ich konnte nun in der Schule, in der Familie und im Freundeskreis viele Fotos „knipsen", die für mich heute einmalige „optische" Erinnerungen ermöglichen.
Eine kleine lustige Episode aus dieser Zeit: -- Die Holzkiste von meinem Vater enthielt so viele Schachteln „Papirossi" (russische Zigaretten mit langen Pappmundstücken), da fällt es gar nicht auf, wenn ich mal eine entwende. Auf dem Weinberg, hinter dem Gebüsch, dann mit meinen Freunden die ersten Versuche, eine Zigarette zu rauchen. Hustenanfälle, aber unsere Neugier war befriedigt. —

Zeugnis
für

Baesekow, Hans
geb. 4.10.34.

- -

Schuljahr 1945 / 46
Klasse 4 e (Neue Schule)

- -

Bedeutung der Zeugnisgrade:

1 = sehr gut, 2 = gut, 3 = genügend, 4 = mangelhaft,
5 = ungenügend.

Betragen : gut
Aufmerksamkeit: gut
Fleiss : sehr gut
Deutsch
    mündlich : } gut
    schriftlich :
Rechnen : gut
Heimatkunde : gut
Schreiben : gut
Zeichnen : genügend
Musik : gut
Bemerkungen : versetzt

Unterschriften des:

Lehrers :   Rektors :
Schubert   KBü.-
           Vaters :

Rathenow, 26.7.1946.

Mein erstes erhalten gebliebenes Schulzeugnis vom 26.7.1946.
(Die Zeugnisse davor wurden ein Raub der Flammen)

Das war wohl meine 5. oder 6. Klasse mit dem Klassenlehrer Gerhard Dannehl.
(2. Reihe von oben, ganz rechts: Günter Hinneburg, in der Mitte: ich. 2. Reihe von unten, ganz rechts: Lothar Schmidt.
Unter Herrn Dannehl: Timm Seeger).

Schon damals unzertrennliche Freunde:
Toma und Texas

Der „Christliche Jünglingsverein (ungefähr 1947)
vordere Reihe stehend in der Mitte Günter Hinneburg, rechts daneben schaue ich hervor. Hintere Reihe 3. von links unser Leiter Fritz Reuter.

Meine ersten Tagebuchnotizen
(in Geheimschrift)

In einem Kalender von 1949 dann meine ersten Tagebuchnotizen, natürlich damals in Geheimschrift. Ich kann sie noch heute übersetzen, so zum Beispiel die Eintragung vom 28.Februar:„Zusammenschluß von 7K und 7M". Dahinter verbirgt sich die Vereinigung der 7. Knaben- und Mädchenklasse, damals schon unter Leitung des Klassenlehrers, Herrn Schirrholz. Am 2.9.: „Wieder zum Klassensprecher gewählt". Es gibt in der Schule eine „Lindenblütenaktion", ein andermal sammeln wir Kartoffelkäfer. Am 22.6. schreiben wir den Klassenaufsatz: „Was mir an Schillers Taucher gefällt", ich bekomme die Note „Sehr gut".

Ich gehe mit meinen Freunden oft ins Bellevue – das einzige Kino, das in Rathenow nicht zerstört wurde, und vermerke genau die Filmtitel und meine Bewertung („Affäre Blum", „Dr. Crippen an Bord" und viele russische Filme). Wir besuchen auch oft Fußballspiele der Rathenower Mannschaft, sie hieß wohl damals „Mechanik" Rathenow und wurde später in BSG Motor umbenannt.

Über meinen Freund Günter Hinneburg und seinen Bruder Siegfried (von uns Mac Hibbings oder kurz Macy genannt) bin ich Mitglied des „Christlichen Jünglingsvereins" geworden, der seinen Sitz im Hinterhof der Bergstraße 7 hat. Herr Fritz Reuter leitet die Zusammenkünfte, die uns allen viel Freude bereiten. Hier gibt es auch noch die Bläservereinigung, deren Mitglieder mit Herrn Ney Übungsstunden abhalten. Trotz aller Bemühungen kommt bei mir beim Hineinblasen in die Trompete kein ordentlicher Ton heraus. Mein Freund „Texas" versteht es besser. Am Heiligabend oder Silvester darf er auf dem Turm der zerstörten Marien-Kirche mit den Bläsern zu abendlicher Stunde festliche Klänge zu Gehör bringen. Dafür bin ich bei der Einstudierung des Laienspiels „Der Rufer" besonders eifrig; ich darf den König spielen. In den Kirchen von Göttlin, Spaatz und Prietzen bringen wir es zur Aufführung. Besonders erwähnenswert: Wir werden auf die einzelnen Bauern aufgeteilt und erhalten ein gutes Mittagessen als Belohnung.

Im Pionierferienlager 1949 in Altdöbern
(ich stehe in der oberen Reihe als 3. von links,
daneben Lothar Schmidt und der 6. ist Günter Hinneburg)

Mit meinem Freund Texas zu Besuch bei meiner Großtante Louise Schulz in Warnau (ca. 1949)

Gemeinsames Erledigen der Schularbeiten.
Hier mit meinem Freund in der Mittelstraße 15.
(Noch dabei meine Mutter und mein Onkel Max Lücke)

Von der Schule organisiert, beteilige ich mich auch in den Sommerferien 1949 an einer Fahrt ins Pionierlager nach Altdöbern im Spreewald. Meine Eintragungen lassen erkennen, dass es sehr abwechslungsreiche Tage waren. Trotz spartanischem Verpflegungssatz brauchten wir nicht zu hungern. Ich vermerke unter dem 28.7.: „Gewogen: 63 kg. Gemessen: 1,75 m."

Durch die Zusammenlegung von Knaben- und Mädchenklasse gibt es nun auch die ersten Berührungen zum weiblichen Geschlecht. Meine Sympathie gehört eindeutig Annedore Kriewitz, mein Freund „Texas" schwärmt dagegen von „seiner" Hannelore Bühlig. Wir gehören zu den im positiven Sinn auffallenden Schülern der Klasse, die Herr Schirrholz stolz „meine 8 KM" nennt.

In diese Zeit (1949/50) fällt auch mein Eintritt in den Karl-Marx-Schulchor. Wieder ist es mein Freund „Texas", bereits Angehöriger des Chores, der mich überzeugt, als leidlich guter Sänger ihm zu folgen. Es ergibt sich dann nur ein kleiner Unterschied: er singt als Tenor und ich als Bass. Übrigens habe ich diese Entscheidung nie bereut, ganz im Gegenteil. Die Jahre meiner Chormitgliedschaft waren eine Folge von einprägsamen Ereignissen, die wir als kameradschaftliches Kollektiv unter Leitung der Dirigentin Lilian Schmidt erleben konnten.

Es wurde zweimal in der Woche geprobt, und unsere anerkannten Leistungen führten dazu, dass wir als ein gefragter Klangkörper bei vielen Veranstaltungen auftraten, ob es Konferenzen, Kundgebungen oder auch eigene Chorkonzerte waren. Zuerst ging es mit Bus oder LKW in die nähere Umgebung, dann nahmen wir schon am Deutschlandtreffen der FDJ Pfingsten 1950 in Leipzig teil, und am 7.1.1951 errangen wir auf dem Laienkunstwettbewerb in Potsdam den Titel „Bester Chor der Mark Brandenburg". Es folgten Rundfunkaufnahmen beim Berliner Rundfunk und Landessender Potsdam. Anlässlich des 50-jährigen Bestehens des Karl-Marx-Chores 1998 schrieb ich aus dem Gedächtnis eine kleine Episode aus dem Chorleben auf. Sie charakterisiert nach meiner Meinung recht gut die politischen Gegebenheiten und menschlichen Empfindlichkeiten dieser Zeit.

„ Unsterbliche Opfer"

An einem 8. Mai, Anfang der 50-ziger Jahre. Es ist bekanntlich ein Feiertag, der „ Tag der Befreiung" .Wie alljährlich versammeln sich am Vormittag Betriebs- und Schuldelegationen auf dem sowjetischen Ehrenfriedhof an der Bahnhofstraße, und auch der „Karl-Marx-Chor" gehört einfach zu diesem Zeremoniell dazu. In Blauhemden sieht man uns mit ernsten Gesichtern vor den Gräbern der sowjetischen Gefallenen des 2.Weltkrieges stehen. Mit unserem bekannten Lied „Unsterbliche Opfer, ihr sanket dahin" tragen wir, wie so oft bei offiziellen Anlässen, zur kulturellen Umrahmung bei. Der Kreisparteisekretär hat seine Rede gehalten, die Feierstunde nähert sich ihrem Ende, da gibt es Unruhe in den Reihen der „Karl-Marx-Chörler". Irgendjemand äußert den Gedanken, dass ja auch deutsche Soldaten Opfer des 2.Weltkrieges geworden sind. Die Schlacht in und um Rathenow hat auf beiden Seiten viele Gefallene gefordert. Die deutschen liegen auf dem städtischen Friedhof in Reih und Glied unter schlichten Holzkreuzen mit der jeweiligen Aufschrift „Ein unbekannter Soldat". Aber in unserem Staat ist es nicht opportun und mehr als unerwünscht, ihnen eine gebührende Aufmerksamkeit zu widmen. Und doch sieht man nun Mitglieder eines Oberschulchores den Weg zum Weinberg antreten und in schweigendem Gedenken vor den Gräbern der deutschen Soldaten verharren.

Ich glaube, es wurde hier kein Lied gesungen. Aber allein die stumme Ehrfurcht vor allen Toten eines sinnlosen Krieges zeugte in dieser Situation auch von charakterlichen Eigenschaften der Chormitglieder. War es Opposition gegen eine vorgeschriebene Haltung, war es ein humanitäres Bedürfnis, oder ein inneres Gefühl für Gerechtigkeit? Wer weiß es heute noch zu sagen. Vielleicht war von jedem etwas dabei! Eine kleine, man könnte sagen unbedeutende Episode. Aber wenn man sich nach so vielen Jahren noch daran erinnert, kann sie so unbedeutend auch nicht gewesen sein."

Zur guten Tradition gehörte es auch, dass wir um die Weihnachtszeit auf kleinen Feiern für Senioren oder in Krankenhäusern sangen. Der Festigung des Chorkollektivs dienten auch Tourneen durch Kinderferienlager des Landes Brandenburg, gemeinsame Chorfeste und Wanderungen, schließlich auch Reisen zum Wintersport in den Harz (Windenhütte und Schierke). Anlässlich der III. Weltfestspiele der Jugend und Studenten im August 1951 in Berlin konnte ich als Mitglied des Karl-Marx-Chores seine ganz großen Tage miterleben. Der mit Sängerinnen und Sängern aus den Rathenower Optischen Werken (ROW) verstärkte Chor konnte im Vorfeld nach spannungsgeladenen Wettbewerben der FDJ den 2. Platz in der DDR erringen und wurde damit Teilnehmer des Deutschen Nationalprogramms. Wochenlange intensive Probearbeiten schlossen sich an, und dann durfte sich der Jugendchor aus dem kleinen Rathenow neben den Thomanern und Kruzianern auf den großen Bühnen in Berlin vor der Jugend der Welt präsentieren. Es waren unvergessliche Tage für mich!

Куда __Германия__ _____ __Deutschland__ __Russische Zone__
② __Ратенов а.Г.__ _____ ② __Rathenow a. H.__
__Миттелштрассе № 15__ __Mittelstrasse No 15__
Кому __Безеков Ганс__ __Baesekow Hans__

Адрес отправителя / Adresse de l'expéditeur: __Харьковская Область, гор Изюм, У-161 Улица Н. Садовая № 56, Безеков Эрнст__

Grüße aus Rußland Mai 1947
von meinem Vater, der als Spezialist über 5 Jahre in der Ukraine arbeitete

KONFIRMATIONSURKUNDE

Hans Baesekow

geboren am _4. Oktober 1934_

zu _Rathenow_

getauft am _18. August 1935_

zu _Rathenow_

ist nach empfangener Unterweisung im Worte Gottes

am _22. Mai 1949_ in der

Lutherkirche zu Rathenow

eingesegnet worden und zur Feier des heiligen Abendmahles

zugelassen

② Rathenow **25.** 5. 49.

Evangelisches Pfarramt

Auch meine schulische Entwicklung hatte sich erfolgreich fortgesetzt. Mit einem der besten Abschlusszeugnisse der 8. Klassen erreichte ich ohne Schwierigkeiten die Aufnahme in die Oberschule. Ab September 1950 besuchte ich die Erweiterte Oberschule (EOS) in der Friesacker Straße.

Ein neues Klassenkollektiv mit Schülern aus den benachbarten Dörfern, aber auch mit vielen bekannten Gesichtern. Natürlich gehörte auch mein Freund Günter Hinneburg dazu. Unser Klassenlehrer wurde Herr Sparmann, ein sympathischer älterer Junggeselle.

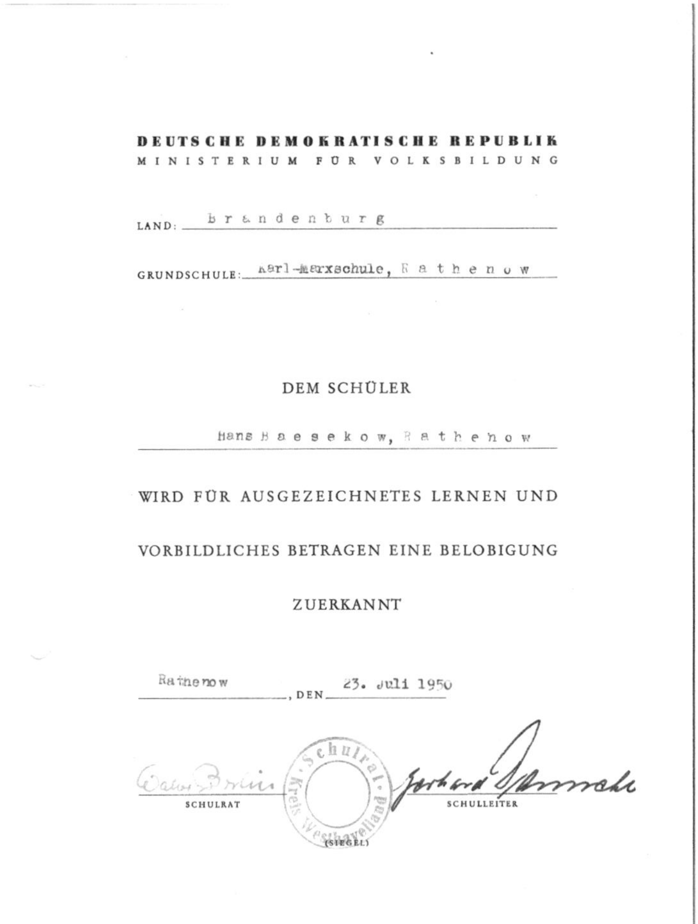

DEUTSCHE DEMOKRATISCHE REPUBLIK
MINISTERIUM FÜR VOLKSBILDUNG

LAND: brandenburg

GRUNDSCHULE: Karl-Marxschule, Rathenow

DEM SCHÜLER

Hans Haesekow, Rathenow

WIRD FÜR AUSGEZEICHNETES LERNEN UND

VORBILDLICHES BETRAGEN EINE BELOBIGUNG

ZUERKANNT

Rathenow, DEN 23. Juli 1950

SCHULRAT SCHULLEITER
(SIEGEL)

Die 8. Klasse schließe ich mit Auszeichnung ab

Wir wussten aber bald, dass die Lehrerin Fräulein Vater zu ihm gehörte.
Eine Eintragung in meinem Tagebuch vom 1.10.1951 verdeutlicht meine Meinung über ihn sehr treffend: „Herr Sparmann muß doch unsere Klasse am besten leiden können.
Er sagte uns, daß die Lehrer auf der Lehrerkonferenz angedeutet bekommen hätten, dass sie auch im Geiste des Hasses unterrichten sollten (*Anmerkung: wahrscheinlich gegenüber dem „Klassenfeind"*). Sparmann weigerte sich uns gegenüber und forderte unsere Meinung. Wenn wir dieses von ihm verlangen, könnte er nicht länger bei uns unterrichten. Er äußerte ziemlich frei seine Meinung, was auf großes Vertrauen zu uns schließen läßt." Ich hatte bei Herrn Sparmann bestimmt einen Stein im Brett. Nach dem Abfragen eines Schülers wendete er sich oft schmunzelnd an mich: „Nu Baesekow, was geb`n wir ihm?" Die Sonderstellung für mich und meinen Freund „Texas" drückte sich auch darin aus, dass er mit uns beiden besondere Stunden zum Erlernen von Chinesisch vereinbarte. Mit Tusche und Pergamentpapier mussten wir die ungewohnten Zeichen üben.
Schließlich noch die Episode mit dem Studenten, der bei einem „Fluchtversuch" nach dem Westen einen Grenzsoldaten angeschossen und verletzt hatte und daraufhin zum Tode verurteilt wurde. Als sich ein kleiner Schülerkreis unserer Klasse weigerte, eine entsprechende Zustimmungsresolution zu unterschreiben, bat Herr Sparmann uns zu sich. Er befürchtete (und das wohl auch nicht ganz zu Unrecht), dass unsere weitere schulische Entwicklung negativ beeinträchtigt würde. Er überzeugte uns mit seinen Worten, so dass wir widerwillig, mit Handschuhen unterschrieben und diese dann symbolisch wegwarfen. Es tröstete uns nur wenig, dass der Student zu lebenslänglicher Haft begnadigt wurde. Übrigens wurde Herr Sparmann im Januar 1952 nach Freienwalde versetzt.
Als Folge organisatorischer Veränderungen in der Schule in Form der Aufteilung in „naturwissenschaftliche" und „sprachliche" Klassen, erscheint meine emphatisch klingende Eintragung im Tagebuch: „Am 1. März (*1951*) um 9 Uhr, 3 Minuten, fiel mein schicksalhafter Entschluss fürs Leben. Ich entschied mich für den naturwissenschaftlichen Zweig." Dadurch entstand in meiner nun neu formierten Klasse 9 B1 wieder ein verändertes Kollektiv, bestehend aus 4 Mädchen und 16 Jungen.

Der Karl-Marx-Chor Herbst 1950
(2. Reihe von oben: 2. von links Tenor Günter Hinneburg. 4. von rechts Bass Hans Baesekow)
3. Reihe von oben: 5. von links Annedore Kriewitz. 6. von links Ännlein Kämmerer)

Klasse 9 A Oberschule Rathenow Ende 1950
mit Klassenlehrer Herrn Sparmann (Mitte) , rechts daneben : Hein Loew, Hans Baesekow, Günter Hinneburg, Tim Seeger.

TEILNEHMERAUSWEIS

III. WELTFESTSPIELE
DER JUGEND UND STUDENTEN
FÜR DEN FRIEDEN
5. BIS 19. AUGUST IN BERLIN

A 734 / 04863

Unterschrift des Teilnehmers: Hans Baesekow
Nation: Deutsch
Name: Baesekow
Vorname: Hans
Geburtstag: 4. Oktober 1934
Paß-Nr.:

IN ANERKENNUNG

FÜR DIE AUSGEZEICHNETE MITARBEIT AM

Deutschen Nationalprogramm

ZU DEN

III. WELTFESTSPIELE

DER JUGEND UND STUDENTEN

FÜR DEN FRIEDEN

ZENTRALRAT DER FREIEN DEUTSCHEN JUGEND

Berlin, im August 1951

In dieser Klasse stieß auch Hans-Joachim Wessel zu unserem engeren Freundeskreis, er passte mit seinen Auffassungen und Charaktereigenschaften so gut zu uns, dass er bald fest integriert wurde. Er wohnte bei seiner Oma in der Nauener Straße und erhielt von uns den Spitznamen „Jim Wessy". Er war mir in der folgenden Zeit ein unentbehrlicher Freund und Helfer, und das nicht nur dann, wenn ich mit den Mathematik-Aufgaben von Herrn Mede mal nicht zu einer Lösung gelangte.

Mein Stern, Annedore Kriewitz, verblasste mit der Zeit, zumal sie sich für die sprachliche Klasse 9 entschieden hatte. Dafür ging ein neuer Stern auf, mit Namen Anna-Dorothea Kämmerer, kurz „Ännlein" genannt, die Tochter eines stadtbekannten Arztes. Ich lernte sie im Chor kennen, im Dezember 1950; in der Schule ging sie eine Klasse unter mir. Kann ich diese schöne Zeit mit Ännlein, voller Schwärmerei und so netten Begegnungen, schon als erste Jugendliebe bezeichnen? Ich glaube, dieser Begriff würde unsere Beziehung überbewerten.

Am besten charakterisiert wohl eine Tagebuch-Eintragung vom 7.9.1951 diese schüchternen Annäherungen:

„Auch heute begrüßte ich Ännlein nur, ohne ihr die Hand zu geben. Es ist so, als wenn wir unsere Freundschaft erst beginnen würden, wie zum Anfang nur ein freundliches Lächeln beim Gruße. Wenn ich später einmal die Zeilen lese, werde ich bestimmt denken, ach, wie naiv war ich früher. Aber gerade dieses Lächeln gibt mir die Genugtuung, dass sie mich noch ein bisschen gern hat, aber ich bin eben noch zu schüchtern."

Noch einmal ein kleiner Einblick in mein geheimes Tagebuch, in dem sich keine
4 Wochen später, am 3.Oktober 1951, folgende Eintragung befindet: „ Morgen werde ich nun 17 Jahre alt. Wenn ich zurückschaue, so stelle ich fest, dass mein
17. Lebensjahr von zwei bedeutenden Ereignissen erzählen kann. Erstens das Kennenlernen von Ännlein, zweitens die Weltjugendfestspiele. Ich möchte hier am Anfang eines neuen Lebensjahres wünschen, daß ich mit 17 Jahren Ännlein als richtige Freundin gewinne und dass mein Vater mir zum 18. Geburtstag persönlich gratulieren kann." Der letzte Wunsch ging in Erfüllung, der erste verlief sich von selbst. Denn da gab es bald in meinem Leben eine weitere „Chorfreundin". Noch als ich Ännlein nachtrauerte, fiel mein Blick auf eine andere Altistin, mit Namen Liselotte Karas. Wie es in meinem Tagebuch heißt, fand ich sie sehr sympathisch, und wir wechselten vielsagende Blicke. Dann, am 5.Januar 1952 auf einer Chorfahrt nach Potsdam, platzte der Knoten. Hierzu mein Tagebuch: „Dann fragte mich Lilo plötzlich, sie bleibe mit einigen Chormitgliedern noch hier, ob ich es auch nicht überlegen wolle. Jetzt, dachte ich, ist der günstigste Augenblick. Der Stein war ins Rollen gekommen. Achim Kölling hatte mir schon gesagt, dass ich mehr Chancen als er hätte. Aber das hatte ich selbst ja auch schon aus dem Benehmen Lilos herausgemerkt. Jetzt war auch noch der endgültige Anstoß gegeben." So begann die Zeit mit Lilo. Ich brachte sie vom Chor nach Hause, holte sie von der Volkshochschule ab (*sie ging nicht zur Oberschule*) und war bei allen Chorfahrten eben ihr Freund.

Da ich später zeitweise kein Tagebuch führte, weiß ich nicht genau, wann es mit uns zu Ende ging. Wir stritten uns wohl einmal, und dann hatte sie einen anderen Freund, den sie später heiratete.

Ich habe immer respektvoll an sie gedacht, nicht nur, weil sie Jahre später noch meiner Mutter beim zufälligen Zusammentreffen half. So will ich heute sagen, ich brauchte auch ihre Freundschaft auf dem Weg durch meine Jugend, um dann Anfang 1954 endgültig die Frau meines Lebens zu finden. Doch davon etwas später.

Erst einmal gab es ein freudiges familiäres Ereignis. Der 18.1.1952! Ich stand an diesem Tag schon um 5 Uhr auf, weil ich noch Schularbeiten zu erledigen hatte. Ich saß am Schreibtisch neben dem Fenster, als plötzlich jemand an die Scheibe klopfte. Es war mein „Papa" aus Russland. Später wurde oft noch darüber erzählt, dass ich mit einem Sprung aus dem Fenster auf dem kürzesten Wege in seine Arme fiel. Meine Tagebuchaufzeichnungen besagen, dass ich an diesem Tage nicht zur Schule ging und wir sehr viel Besuch hatten.

Aus meinen Tagebüchern geht weiter hervor, dass ich mit meinen Freunden oft ausgedehnte Stadtspaziergänge unternahm und wir auch häufig mit den Fahrrädern die nähere Umgebung erkundeten. Nachdem wir probeweise auf einer solchen Fahrt nach Kamern auch mal im Freien übernachtet hatten, beschlossen wir, in den Sommerferien eine längere Tour zu starten. Der Teilnehmerkreis schmolz von anfangs 7 Interessenten auf ganze 3 zusammen, und so starteten am 10. Juli 1951 Texas, sein Bruder Macy und ich von der Bergstraße 4 zur Ostsee. Auf den benutzten Nebenstraßen gab es damals noch kaum Autoverkehr. Über Neuruppin, Waren und Demmin gelangten wir zum Rügendamm bei Stralsund. Ich sah zum ersten Mal in meinem Leben die Ostsee.

Auf der Insel Rügen badeten wir am Strand von Binz und gelangten mit einem kleinen Trick auch in die damalige 5-Kilometer-Sperrzone bis zur Stubbenkammer. Wie auch bei den Fahrradtouren in den folgenden Jahren, gab es beim Bezahlen immer nur eine Gemeinschaftskasse, und einer von uns verwaltete alle Lebensmittelkarten. Wir übernachteten meist bei Bauern in Scheunen oder auch mal bei dem Pfarrer in Poseritz auf dem Heuboden. Erst später gab es so etwas wie Jugendherbergen. Jedenfalls waren diese und auch die folgenden Radtouren so wunderschöne erlebnisreiche Ferien, dass wir uns heute noch euphorisch daran erinnern.

Im Jahre 1953 starteten wir eine so genannte DDR-Rundfahrt, dieses Mal ein Quintett, mit den dazugekommenen Jim Wessy und Dony (Lothar Schmidt). Es ging zuerst in den Harz bis Wernigerode, über den Kyffhäuser hinunter in den Thüringer Wald bis Eisenach und schließlich noch nach Dresden und ins Elbsandsteingebirge. Wir besuchten die Hermanns-, Baumanns- und Barbarossa-Höhle, die Saalfelder Feengrotten, die Wartburg, die Bastei und den Zwinger. Nur als wir den Brocken besteigen wollten, wurden wir wegen der Sperrzone in Schierke vorübergehend festgenommen und mussten ohne dieses Erlebnis weiterreisen.

Ein Schnappschuß unseres Klassenlehrers
Heinz Schirrholz an seiner Wohnungstür
(Klasse 8 KM im Jahre 1950)

Meine Teilnehmerkarte für die Tanzschule

Das Dokument von der Vorbereitung unserer 1. Ostsee-Fahrradtour 1951

Auf dieser Reise.
Texas und Toma vor einem HO-Laden in Demmin

Disziplinarordnung
für
Sommerreise 1955

Wir erkennen umstehende Disziplinarordnung an:

[signatures]

Tag der Ausgabe	Ausgegebene Karten von Nr.	bis Nr.	Anzahl der ausgegebenen Karten	Restbestand	Empfangsbestätigung
§ 1	In allen der Gemeinschaft betreffenden An= gelegenheiten entscheidet das Abstimmungs= ergebnis.				
§ 2	Jeder hat sich der Mehrheit unbedingt zu unterordnen u. zur Verwirklichung des durch Abstimmung gefaßten Beschlusses aktiv mitzuwirken.				
§ 3	Bei groben Verstößen gegen die §§ 1 u. 2 kann gegen die Schuldigen eine Verwarnung aus= gesprochen werden. (es genügt im Ernstfall dazu die Mehrheit,				
§ 4	Erhält ein Reiseteilnehmer die dritte Verwar= nung, so ist er aus der Gemeinschaft auszuschließen.				

Die nächste große Fahrradtour fand in den Sommerferien 1954 statt. Als neue Gesichter tauchten Tim Seeger und Hein Loew auf, aber dann war auch ein Mädchen dabei, nämlich meine Freundin Helga Meyer. Sie hat mir danach noch oft versichert, dass sie sich unter uns 6 Jungen in dieser kameradschaftlichen Atmosphäre immer wohlgefühlt hat und auch akzeptiert wurde. Es ging wieder zur Ostsee auf die Insel Rügen. Zumindest drei Teilnehmer erinnerten sich auf einigen Stationen an die erste Ostseereise. Beim Pfarrer in Poseritz gebrauchten wir lieber eine Notlüge, dass unser Mädchen die Schwester von Hein Loew sei. Er hätte es vielleicht sonst nicht verstanden, wie sie mit uns auf den Heuboden übernachten konnte.

Schließlich 1955 für mich die letzte derartige Fahrradtour, dieses Mal ein Herrensextett mit den Teilnehmern Texas, Macy, Dony, Toma, Hein Loew und als Neuling Moppel Regenstein. Wir nannten sie „Thüringen-Rundfahrt", ging es doch über den Kyffhäuser nach Erfurt, Weimar und Saalfeld hinunter bis ins liebliche Schwarzatal und nach Rudolstadt, Jena. Wenn ich die Bilder von damals betrachte, fallen mir besonders unsere einheitlichen schmucken Jerseys mit dem Rathenower Stadtwappen auf und die großen Halbliter-Bierhumpen, die wir uns als 20-jährige ja nun leisten konnten. Interessant auch die Disziplinarordnung, zu der wir uns vor der Fahrt unterschriftlich bekannten (siehe vorstehend). Auch 1956 fand wohl noch einmal eine Fahrradtour statt, sie war jedoch schon viel kürzer und ging nur in die Altmark nach Arendsee. Zu diesem Zeitpunkt zog ich aber eine Paddelboottour, ganz allein mit meiner Helga, vor. Ein klein wenig darüber aber etwas später.

Deutschland

ZEITGESCHICHTE

Tod in Rathenow

Der Volksaufstand vom 17. Juni 1953 erreichte in der Mark Brandenburg seinen Tiefpunkt: Die Menge lynchte einen SED-Mann. Heute ist das Verbrechen ein Tabu.

An den berühmten Tag im Juni mag sich in Rathenow niemand gern erinnern. Ein Aufruf der „Märkischen Allgemeinen", aus persönlicher Erinnerung über den Aufstand in der Havel-Stadt zu berichten, blieb ohne Echo. Eine offizielle Feier aus Anlass des 50. Jahrestags der DDR-weiten Erhebung ist, anders als in Hunderten ostdeutscher Kommunen, nicht vorgesehen.

Denn dann müsste man über Wilhelm Hagedorn sprechen und über das, was am 17. Juni 1953 mit ihm geschah: Der

Beschäftigten der Rathenower Optischen Werke formierten sich morgens zur Demonstration. Tausende schlossen sich an.

Lynchstimmung kam erst auf, als die Hauptkundgebung bereits vorüber war. „Zum HO-Kaufhaus und Hagedorn rausholen", rief jemand, und einige hundert stürzten los.

In Rathenow war Wilhelm Hagedorn, der 58-jährige Betriebsschutzleiter des HO-Geschäfts, das verhasste Gesicht des Regimes. Gleich nach dem Krieg hatte der gelernte Maler, Kommunist ab 1920, bei der politischen Abteilung der Volkspolizei angeheuert, zuständig für Entnazifizierung. Offenbar nutzte der einfach gestrickte Mann seine Macht, um Missliebige zu verfolgen.

„Das war ein stadtbekannter Spitzel, der etliche Leute an die Russen ausgeliefert hat", sagt Zeitzeuge Klaus Müller, 66, heute Vorsitzender der Stadtverordnetenversammlung. Den Mord rechtfertigen will der Sozialdemokrat keinesfalls.

Ein Kollege warnte Hagedorn noch vor dem anrückenden Mob. Der Ex-Vopo griff

schmiert, und er machte einen hilflosen Eindruck", sagte einer von ihnen später laut Stasi-Akten. Dennoch zerrten er und ein Freund Hagedorn ins Freie und übergaben ihn der entfesselten Menge: „Hier habt ihr ihn."

Hunderte Menschen waren dabei, als der blutüberströmte Hagedorn sich in einen Krankenwagen retten wollte. Einige hoben das Auto an einer Seite an und rissen ihr Opfer wieder heraus. Zwei packten den Mann an den Armen und schleppten ihn in Richtung Schleusenkanal: „Ertränkt das Schwein!" Und immer wieder schrie eine Frau: „Er hat auch meinen Mann abgeholt!"

Nahe dem Kanalhafen brach Hagedorn mit gebrochenen Rippen und Schädelverletzungen zusammen. Er wurde zum Kai geschleift: „Ich zähle bis drei, fälle dein Urteil selbst", brüllte einer. „Ich hoffte im Stillen, dass Hagedorn nicht schwimmen könne", notierten die Stasi-Ermittler seine Aussage. Hagedorn ließ sich schließlich ins Wasser fallen.

Da der Gepeinigte nicht unterging, ruderten seine Verfolger hinterher. Als der Schwimmer sich verzweifelt an die Reling klammerte, droschen sie auf seine Finger, bis er losließ. Dennoch erreichte er das andere Ufer, wo ihn eine Streife der Volkspolizei schließlich barg. „Russenknechte, Russenknechte", johlte die Menge. Hagedorn starb Stunden danach im Krankenhaus.

Zwei Männer, die ihn besonders gequält hatten, waren schnell ermittelt: beide Arbeiter und FDJ-Mitglieder, deren „Reife an der untersten Grenze des Durchschnitts" lag, wie ein Sachverständiger gutachtete. Ein Motiv für ihr Verhalten war nicht erkennbar.

Ein anderer Rathenower sagte gestelzt und offenkundig vorformuliert aus: „Ich war durch die Menschenmassen aufgewiegelt und meiner Stärke bewusst, um jetzt diesen Menschen Hagedorn zu schlagen."

Das wenige Tage nach der Tat tagende Gericht sah indes das Verbrechen gemäß der SED-Propaganda als Teil einer großen Verschwörung „faschistischer Elemente", die „einen neuen Weltkrieg vom Zaun brechen wollten".

Die beiden Hauptangeklagten wurden zunächst zum Tode verurteilt, ihre Strafe dann in 15 Jahre Zuchthaus umgewandelt. Drei weitere Beteiligte erhielten Haftstrafen von bis zu acht Jahren.

Die SED ehrte Hagedorn mit einem offiziellen Trauerakt. Der Oberbürgermeister von Ost-Berlin, Friedrich Ebert, kam eigens angereist, und eine Schalmeienkapelle intonierte das Kampflied „Unsterbliche Opfer". Auf dem Grabstein stand:

Hagedorn

Müller

Erhebung am 17. Juni, Lynchopfer, Zeitzeuge: *„Ertränkt das Schwein"*

SED-Mann wurde von einer aufgebrachten Menge gelyncht.

In vielen Orten Ostdeutschlands entlud sich an jenem Tag der Hass gegen die Repräsentanten des Regimes. Aber nur in Rathenow riss die dünne Haut der Zivilisation, und es erlosch jenes Minimum an Empathie, das Menschen davon abhält, einen wehrlosen Artgenossen zu töten.

Was genau geschah, ist öffentlich nie richtig geklärt worden. Jetzt liegen die Stasi-Unterlagen gesammelt in der Birthler-Behörde, und danach kann es keinen Zweifel geben: Die Lynchjustiz von Rathenow ist der gern vergessene Tiefpunkt des sonst

sich einen Gummiknüppel, dann flüchtete er mit seiner Frau Helene durch einen Seitenausgang. „Wir waren kaum 20 Meter gegangen, als ich die Meute brüllen hörte: ,Da rennt er ja, haltet ihn fest'", gab Helene Hagedorn der Stasi zu Protokoll.

Wer zuerst hinlangte, wird wohl nie zu klären sein. „Da wollte offenbar jeder mal zuhauen", erinnert sich Klaus Dühring, 63, der damals als Schüler Augenzeuge war und zu den wenigen zählt, die heute über das Geschehen sprechen.

Ein unheilvolles Gebräu aus Hass, Voyeurismus und Massenpsychose stieg in der Menge hoch, und der Ruf wurde immer

Aber erst einmal zurück ins Jahr 1953. Es ereigneten sich doch einige bemerkenswerte politische Ereignisse, die nachhaltige Auswirkungen brachten. Hierzu beginne ich mit ein paar Tagebuchaufzeichnungen von mir.

4.3.53: „Heute wurde bekanntgegeben, daß Stalin am 2. März vom Schlaganfall getroffen wurde und jetzt ernst daniederliegt."

6.3.53: „Gestern Stalin verstorben (19,30 Uhr MEZ). Bis zum Beisetzungstag ist in der DDR Trauer angeordnet.

9.3.53: „Heute hatten wir nur die 1. Stunde Unterricht. Dann gedachten wir stehend 5 Minuten J.W. Stalin. Wir marschierten zum Bellevue und schlossen uns hier dem Trauerzug an, der sich zum sowjetischen Friedhof bewegte."

1.4.53: „Nach vielen Diskussionsbeiträgen (*Anmerkung: auf einer Schülerversammlung über die einheitliche Jugendbewegung*) wurden mehrere Angehörige der Christlichen Jungen Gemeinde aus der FDJ ausgeschlossen (Kopp, Kriewitz u.a.)."

Leider enden meine Aufzeichnungen in diesem Jahr mit dem Himmelfahrtstag, 15.Mai. So muss ich kurz die Ereignisse des 17. Juni in Rathenow, wie ich sie erlebte, aus dem Gedächtnis rekapitulieren. Es war ein Mittwoch, wie gewöhnlich lief der Schulunterricht ab. Dann plötzlich die Meldung, wir versammeln uns auf dem Schulhof. Hier eine kurze Ansprache unseres Direktors, Herrn Schirrholz, mit ungefähr dem Inhalt, dass in der Stadt Unruhen ausgebrochen seien und der Unterricht abgebrochen werden müsste. Wir sollten uns ruhig nach Hause begeben und weitere Nachrichten abwarten.

Aber wir waren doch zu neugierig, was nun eigentlich los sei. Auf dem Weg ins Stadtzentrum begegneten wir Arbeitern, die wohl von einer Kundgebung zur Brauerei zurückkehrten. Auf dem Platz vor dem Kulturhaus erregt diskutierende Menschen, meinem Freund Wessel wollte einer das FDJ-Abzeichen abreißen. Die Wut der Masse entlud sich auf einen Mann, der nun mit Schlägen in Richtung Havel getrieben wurde. Als ich ihn sah, war er schon arg zugerichtet, er schien schon ein Auge verloren zu haben. Es wurde gesagt, das sei ein gewisser Hagedorn, ein übler Stasi-Spitzel. Am Schleusenkanal wurde er ins Wasser gestoßen; er hatte noch so viel Kraft, sich ans andere Ufer zu retten. Unter Steinwürfen nahmen ihn Polizisten in ihre Obhut und transportierten ihn ab. Er verstarb im Krankenhaus und wurde später als Opfer des so genannten Terrors in Ehren beigesetzt. (siehe Artikel im „Spiegel" Nr. 25/2003: „Tod in Rathenow") Die großen Geschehnisse in diesen Tagen liefen aber woanders ab, die Ergebnisse sind hinreichend bekannt. Später hörten wir, dass die Arbeiter aus dem Chemiewerk Premnitz am 17.Juni telefonisch unseren Direktor aufgefordert haben sollen, dass sich die Schule dem allgemeinen Streik anzuschließen habe, andernfalls müsse das gewaltsam erzwungen werden. Als unser von den Schülern hoch geachteter Direktor nach einiger Zeit entlassen wurde, waren wir alle ratlos. Jedenfalls musste das mit seiner Entscheidung im Zusammenhang gestanden haben. Trotz aller

Schwierigkeiten, oder gerade deswegen, ließ sich ein Heinz Schirrholz nicht entmutigen. Als ich die Schule längst verlassen hatte, kehrte er als promovierter Direktor an seine Wirkungsstätte zurück.

Ich verlor auch in meinem neuen Wohnort Wolfen ab 1960 nie die Verbindung zu ihm und der Schule, da ich des Öfteren an den durch seine Initiative stattfindenden Abiturientenbällen für „Ehemalige" teilnahm. Es war wohl 1976, als er wiederum abgelöst wurde. Es ging wohl dieses Mal um einen Artikel von ihm im „Rathenower Heimatkalender", der dem Kreissekretär der SED nicht passte. Nach der Wende gab es einige unerhörte Vorgänge in der Presse, als es um seine Rehabilitierung ging. Leider sind mir die Artikel aus der Märkischen Volksstimme abhanden gekommen, so dass ich mich nicht mehr an alle Einzelheiten erinnern kann. Das würde wohl auch den Rahmen dieser meiner kleinen Geschichte sprengen. Nur soviel noch am Schluss: In einem Brief an die Lokalredaktion vom 5.12.1989 legte ich meine Meinung zu diesen Vorgängen dar, mit dem abschließenden Satz, der mir auch heute noch voll aus dem Herzen spricht:

„Auch das sollte eine Genugtuung für ihn sein, daß ihn viele, so wie auch ich, immer als Vorbild angesehen, und so manches von ihm, auch im menschlichen Bereich, gelernt haben."

Aber zurück ins Jahr 1953. Meine wunderschöne Chorzeit lief langsam aus, und statt der musischen Genüsse widmete ich mich bald den sportlichen. In unserer Schule breitete sich ein regelrechtes Basketball-Fieber aus. Die einzelnen Klassenmannschaften spielten gegeneinander, und der Sportlehrer, Herr Lorenz, organisierte eine Schulmeisterschaft. Wenn beim Fußball die sprachliche Parallelklasse die besseren Spieler besaß und wir nur durch einen überragenden Torwart, Klaus Wolf, einmal ein 0:0 Unentschieden erreichten, so sah es beim Basketball genau umgekehrt aus. Hein Loew, Klaus Wolf, Wessy, Knabe Sass, Texas und ich bildeten eine fast unschlagbare Mannschaft. Es gefiel uns so gut, dass wir in die Sportgemeinschaft „Einheit" Rathenow eintraten und hier von einer ehemaligen DDR-Nationalspielerin, Ulla Runkehl, trainiert wurden. Im Herbst begannen Punktspiele in der DDR-Liga Nord, wo wir immerhin gegen Mannschaften wie zum Beispiel Vorwärts Potsdam, Motor Teltow, Wissenschaft Rostock oder Humboldt-Universität Berlin II einen achtbaren Platz im Mittelfeld erreichten. Im schulischen Alltag gab es Klassenfeste und Schülerbälle. Wir sahen den schwedischen Film „Sie tanzte nur einen Sommer" mit Ulla Jacobsen, und unser Lateinlehrer, Herr Tiedemann, sprach eine ganze Unterrichtsstunde über diesen bemerkenswerten Streifen. Ich hatte keine „feste" Freundin mehr, vermerkte aber im Tagebuch stets, wie oft und mit wem ich getanzt hatte. Übrigens stammten meine Kenntnisse über Foxtrott, Tango und Langsamen Walzer bereits aus dem Jahre 1950, als ich im Stadtkasino die bekannte Rathenower Tanzschule Haase besuchte (siehe beigefügten Ausweis).

Allmählich rückte auch das Abitur immer näher. Da gab es einen schicksalhaften Tag, der in seinen Auswirkungen meine weitere Zukunft wie kein anderer beeinflussen sollte. Ich lüfte das Geheimnis, indem ich auszugsweise meine Tagebuchaufzeichnungen, ein paar Wochen später aufgeschrieben, darüber berichten lasse.

„Am 19.Februar (*1954*) war in unserer Schule ein Maskenball, und auch ich konnte da nicht fehlen. Helga Meyer aus der 11 B erschien ebenfalls in Maske, ich konnte sie aber gleich erkennen. Auf sie hatte ich immer schon ein Auge geworfen, ohne dabei auf merkliche Erwiderung meiner Gefühle zu stoßen, obwohl, wie sie mir jetzt erzählt hat, daß sie sich auf einem gemeinsamen Klassenfest *(Anmerkung : 27.11.1953 Gaststätte am Vogelgesang, Klassen 12 u. 11B1 mit Herrn Mede)* ärgerte, weil ich nur einmal mit ihr getanzt hatte. Helga ist ein lebensfrohes Mädchen, aber mit Charakter, und das ist die Hauptsache. In der ersten Zeit hatte ich immer das Gefühl, als ob sie unser Verhältnis nicht für ernst nähme, als ob sie mich nur an der Nase herumführen wolle. Aber ich habe meine Meinung doch grundlegend ändern müssen. Also an diesem 19. Februar stand sie mit Schotte Spranger an der Theke, und ich weiß nicht mehr, wie auch ich dahin kam. Jedenfalls tranken wir zusammen ein Bier und ein Likör und unterhielten uns noch längere Zeit. Später tanzten wir oft zusammen, und dabei erfuhr ich dann, dass sie am 20. Februar Geburtstag hätte und 17 Jahre alt würde. Sie wollte wohl schon um 23 Uhr abfahren, jedoch ich überredete sie, länger zu bleiben. Da ihre Freundinnen einwilligten, ebenfalls später zu fahren, fuhr auch sie erst mit dem nächsten Zug um 4,13Uhr. Ich konnte ihr also als erster gratulieren und ging mit ihr per Arm zum Bahnhof, wo wir noch einige Zeit im Wartesaal sitzen mussten."

In der darauf folgenden Zeit schien unser erst lose geknüpftes Band sich wieder in Wohlgefallen auflösen zu wollen. Ich grüßte sie wohl auf dem Schulhof, ging aber nicht mit ihr allein. Dann kamen unser Sportabi im Hallenturnen, gleichzeitig auch die Prüfungen der 11. Klassen. Ich hatte schon so ein Gefühl, dass sich hier etwas Grundlegendes verändern würde. Wir sprachen zusammen und tauschten nicht misszuverstehende Blicke aus. Ich war also in guter Stimmung, was vielleicht einen Einfluss auf meine Leistungen hatte, denn in glänzender Manier schaffte ich mit 24,4 Punkten die Note „Gut". Anschließend brachte ich sie zum Bahnhof, was dann der Anfang für ein engeres Verhältnis wurde."

Heute, fast 45 Jahre danach, kann ich sagen, es wurde ein sehr enges Verhältnis, aus dem einmal drei Kinder und zahlreiche Enkel hervorgehen sollten. Und dann kann ich meinem Enkelsohn erzählen, was wäre wohl gewesen, wenn deine Oma Helga vor vielen Jahren nicht von Zehdenick an die Rathenower Oberschule gewechselt wäre und hier an einem kalten Februartag nicht ein Maskenball stattgefunden hätte ?! Aber bis dahin ist noch ein langer Weg mit vielen „Was wäre-wenn,…".

Jedenfalls damals entwickelte sich eine richtige Schulfreundschaft. Ein 19 jähriger Oberprimaner verliebte sich in eine gerade 17 Jahre alt gewordene Mitschülerin. Wie schrieb doch Theodor Fontane in seinem Roman „Der Stechlin"? *„Siebzehn. Ja, das ist das Eigentliche. Sechzehn hat noch ein bißchen von der Eierschale, noch ein bißchen* *den Einsegnungscharakter, und achtzehn ist schon wieder alltäglich. Achtzehn kann jeder sein. Aber siebzehn. Ein wunderbarer Mittelzustand."*

Doch weiter mit meinem Schüleralltag. Helga kam täglich mit dem Fahrrad von Premnitz zur Schule. Wenn ich durch „Heiders-Gang" in Richtung Friesacker Straße ging, schaute ich schon ungeduldig, ob ich sie vorbeihuschen sehe. Über welche Kleinigkeiten man sich doch in dieser Lebensphase schon freuen konnte; ein freundlicher Blick, ein nettes Wort, und man schwebte im siebten Himmel.

Dann vielleicht noch in der großen Pause nebeneinander über den Schulhof geschlendert, man war der glücklichste Mensch. Eine ganze Zeit später dann das erste Mal schüchtern an ihrer Wohnungstür in der Premnitzer Karl-Marx-Straße 1 geklingelt. Wie sagt es doch Wilhelm Busch in ähnlicher Situation? „Transpirierend und beklommen, ist er vor die Tür gekommen. Oh, sein Herze klopft so sehr, doch am Ende klopft auch er." An diesem Tag öffnet die Mutter meiner Freundin die Tür, die Tochter ist gerade zur Post gegangen, einen Brief wegbringen (an wen denn bloß?). Wieder später dann endlich der erste Kuss an der Haustür beim Abschied. Ach, welche herrliche Zeit ! Kein Weg war mir bald so vertraut, wie der zwischen Premnitz und Rathenow. Wie oft habe ich meine Helga von der Schule nach Hause begleitet, die 8 Kilometer Fußmarsch vergingen wie im Fluge. Unzählige Male bin ich mit dem Fahrrad zwischen beiden Orten gependelt, manchmal wurden auch Bus oder Bahn dafür benutzt. Bald kannte ich den Ort Premnitz und seine waldreiche Umgebung genau so gut wie mein Rathenow.

Das Abitur rückte immer näher. Doch schon vorher musste man sich um einen Studienplatz bewerben. Ich entschied mich für das Fachgebiet Eisenbahn und stellte meinen Antrag bei der Hochschule für Verkehrswesen in Dresden. Dann im Juli die letzten Prüfungen in der Oberschule. Am Tage des Endspiels der Fußballweltmeisterschaft fand in Neufriedrichsdorf die Abitur-Abschlussfeier statt. Als Deutschland (West) durch das entscheidende Tor von Helmut Rahn mit 3:2 gegen Ungarn gewann und damit den Titel errang, erhielt ich mein Abschlusszeugnis ausgehändigt. Gesamtnote „Gut", ein rundum zufriedenes Gefühl und Grund zum doppelten Jubel. Wir nahmen den Anlass zum ausgelassenen Feiern gründlich wahr, auch an den folgenden Tagen. Ein Lebensabschnitt war erfolgreich zu Ende gegangen, und erst in gut 4 Wochen sollte ein neuer anfangen, als ich dann am 2.September 1954 nach Dresden fuhr und mein Eisenbahn-Studium (Betrieb und Verkehr) aufnahm. Nach fast 20 Jahren meines Lebens begann der langsame Abschied von meiner geliebten Heimatstadt Rathenow.

3. Meine Reifezeit (1954 – 1960)

Aber erst ließ sich dieser Abschied sehr geruhsam an. Ein paar Tage später war ich schon wieder in Rathenow und begann auf dem Bahnhof mein einjähriges Vorpraktikum, eine berufsorientierte Ausbildung als Bestandteil des Studiums. So lernte ich den gesamten Bahnhof sehr genau kennen, ob in der Gepäckabfertigung, Fahrkartenausgabe, im Rangier- und Stellwerksdienst oder in der Güterabfertigung. Ich konnte sogar als Schaffner auf der Strecke nach Rhinow/ Neustadt (Dosse) die Fahrkarten knipsen, oder dann in Stendal die Morseprüfung ablegen. Ich lernte recht freundliche Eisenbahner kennen, die ihrem zukünftigen Berufskollegen aufgeschlossen ihre Kenntnisse übermittelten. Ich möchte unter der Vielzahl beispielsweise anführen: die Herren Dienstvorsteher Rigel, Kaderleiter Härtel, Fahrdienstleiter Helmut Schramm oder Leiter der Güterabfertigung Erich Koslowski. Den Leiter der Bahnmeisterei, Herrn Wernitz, traf ich nach vielen Jahren dienstlich in Halle wieder, als er sich in der Reichsbahndirektion als Leiter der Bahnaufsicht meiner erinnerte.

Gegenüber der doch, besonders im letzten Jahr, recht lernintensiven Oberschulzeit, vermerkte ich nun im Tagebuch, dass ich ein nicht sehr anstrengendes Leben führte. Hinzu kam, dass ich fast jede freie Stunde in liebenswerter Gesellschaft mit meiner Helga verbrachte, die nun ihrerseits in der 12. Klasse dem Abitur zustrebte und es dann auch erfolgreich abschloss.

Im Juni 1955 bekam ich dann von der Hochschule den endgültigen Immatrikulations-Bescheid (siehe nachstehende Benachrichtigung), wonach ich am 2. September in Dresden zu erscheinen hätte. Mein reguläres Studium begann und damit der nächste Abschiedsschritt aus Rathenow.

Hochschule für Verkehrswesen Dresden
Prorektorat für Studentenangelegenheiten

Dresden, den 13.6.55

Die Immatrikulationskommission der Hochschule für Verkehrswesen Dresden hat Ihre Bewerbung ordnungsgemäß behandelt und entschieden Sie für die

Fachrichtung Betrieb u. Verkehr
Fachgebiet Eisenbahn

zu immatrikulieren.

Das Studium ist eine Auszeichnung, die Ihnen von unserem Arbeiter- und Bauern-Staat gewährt wird. Sie übernehmen damit eine gesellschaftliche Verpflichtung, die mit hoher Verantwortung verbunden ist. Es wird von Ihnen erwartet, daß Sie dieses Vertrauen, welches unser junger Staat in Sie setzt, rechtfertigen und daß Sie Ihre ganze Kraft dafür einsetzen, Ihr Studium in wahrhaft demokratischem Sinne zum Wohle der Allgemeinheit durchzuführen.

Um einen reibungslosen Studienbeginn zu gewährleisten, bitten wir Sie zwecks Wohnraumzuweisung und Regelung anderer Fragen

am ...2.9.55... von 8.00 - 16.00 Uhr

am Hochschulort, Dresden A 27, Hettnerstr. 1, Prorektorat für Studentenangelegenheiten einzutreffen.

Soweit Sie nicht für die Fachgebiete der Deutschen Reichsbahn immatrikuliert wurden, ist ein amtsärztliches Zeugnis vom Betriebsarzt oder der Poliklinik beizubringen.

Den beiliegenden Stipendienvordruck wollen Sie uns bitte ausgefüllt bis 10. 7. 1955 zurücksenden. Soweit nach der Stipendienverordnung Anspruch auf ein Stipendium besteht, wird dieses etwa Ende September ausgezahlt.

Der Studienbeginn ist auf Montag, den 5. September 1955 festgelegt. Bei unentschuldigter Nichtaufnahme des Studiums am vorgenannten Tage wird die ausgesprochene Zulassung rückgängig gemacht. Die Immatrikulationsfeier findet voraussichtlich am 5. 9. 1955 statt.

Soweit Lichtbilder bei der Einreichung Ihrer Bewerbungsunterlagen nicht beigefügt wurden, bitten wir, diese bei der Anmeldung vorzulegen. Des weiteren sind mitzubringen:

Sportkleidung, Essbesteck, 1 Vorhängeschloß.

Die Zulassungsbenachrichtigung berechtigt in Verbindung mit dem beiliegenden Schülerfahrkartenantrag zur Lösung einer Schülerfahrkarte.

Wir beglückwünschen Sie zu Ihrer Immatrikulation und wünschen Ihnen beim Studium viel Freude und Erfolg.

gez. Dr. Wagener
Prorektor

F. d. R.

Die Benachrichtigung über die Immatrikulation an der Hochschule für Verkehrswesen Dresden 1955

<u>Oben:</u> Abitur-Abschlussball meiner Helga im Sportpalast 1955 (auf dem Bild rechts neben der Klassenlehrerin Scheele sitzen wir)
<u>Unten:</u> Mit unserem wunderschönen Paddelboot auf großer Fahrt 1956

Romantik pur im Zelt am Ufer der Havel

Noch hatte ich ja in Rathenow meinen „Hauptwohnsitz", aber die meisten Tage bis zum endgültigen Abschied verbrachte ich naturgemäß in der Elbmetropole. Ich lernte auch hier neue Mitstreiter kennen. Einer wuchs mir besonders ans Herz, Leo Scherff wurde mein bester Studienfreund und blieb auch in allen Jahren danach ein treuer und zuverlässiger Partner. Die Zufälle des Lebens wollten es so, dass seine Lebenslinien über Mecklenburg und Thüringen sich plötzlich wieder in Dessau mit meinen kreuzten. Ich will auch hierfür dem Schicksal danken, weil viele meiner weiteren Erlebnisse durch sein Beisein und Mitwirken unverwechselbare Eindrücke hinterließen.

Die Fahrten zwischen Rathenow und Dresden führten mich, später auch oft zusammen mit Helga, über Westberlin. Von Rathenow über Wustermark stieg man in Staaken aus und wechselte über eine Brücke in die Westsektoren. Damals genügte hierfür schon das Vorzeigen des Personalausweises. Mit der S-Bahn ging es durch die Glitzerwelt einer uns nicht vertrauten Atmosphäre, und es war nicht selten, dass wir hier einen Zwischenstop einlegten, um uns am Potsdamer Platz einen besonderen Film anzuschauen. Auf dem Bahnhof Friedrichstraße waren wir wieder im Ostsektor, Pardon: -in der Hauptstadt der DDR-, um dann auf dem Ostbahnhof in den Schnellzug nach Dresden umzusteigen. Diese Fahrtroute war von der Hochschulleitung zwar als unerwünscht erklärt, aber nicht ausdrücklich verboten worden, wahrscheinlich wegen der sonst unzumutbaren Verlängerung über den Berliner Außenring.

Aber in Dresden gab es glücklicherweise auch noch weitere Berührungspunkte zu Rathenow. Einer meiner engsten Freunde, mein Oberschulklassenkamerad Jim Wessy, begann an der Technischen Hochschule ein Studium in Physik. Und welch ein Wunder: ungefähr 1 Jahr später erschien auch mein Freund Texas als Ökonomie-Student an der Verkehrshochschule, nachdem er sein Wunschstudium im Bergbau nicht begonnen hatte und vorübergehend im Rat der Stadt Rathenow und als Straßenbahnfahrer in Berlin tätig gewesen war. Mit solch einem Freundeskreis –Texas, Wessy und Leo- ließ sich der strengste Studientag ertragen und die Studentenzeit mit unzähligen gemeinsamen Erlebnissen bereichern.

In Rathenow gab es noch Ende 1954 ein sehr persönliches Vorkommnis. In meinem Tagebuch hört sich das so an: „10.November 1954. Helga machte einen niedergeschlagenen Eindruck, und ich fragte sie lange, bis sie mir alles erzählte. Ihre Mutter hat sich im Betrieb eines kleinen Vergehens schuldig gemacht und soll dafür bestraft werden. Helga scheint davon ziemlich angegriffen zu sein, was auch leicht verständlich ist. Das schlimmste ist nun aber, dass wohl jetzt erwogen werde, nach dem Westen abzuhauen. Ich kann diesen Fall noch gar nicht ausdenken. Es ist für mich noch ganz unverständlich, dass ich plötzlich Helga auf lange Zeit nicht mehr in meiner Nähe haben soll. Darum hoffe ich mit meinem ganzen Innern, dass sich noch einmal alles gut auflöst. Ich sehe jetzt ein, wie sie mir ans Herz gewachsen ist."

Meine Hoffnungen erfüllten sich, es löste sich alles gut auf. Helga arbeitete nach dem Abitur ein Jahr im Chemiewerk Premnitz, um dann selbst im September 1956 ein Studium für Textilchemie in Karl-Marx-Stadt (Chemnitz) aufzunehmen. Es ist leicht verständlich, dass ich diese Stadt nun auch näher kennen lernte, zumal die Entfernung zu Dresden nicht so groß war.

Ich glaube es war 1956, als ich mir mit Helga ein wunderschönes Paddelboot in Berlin kaufte, Mahagoni geklinkert. Wir fanden an der Havel einen Unterstellplatz im Bootsschuppen der BSG Motor Rathenow. Ab diesem Zeitpunkt kam eine neue Verkehrsverbindung zwischen Rathenow und Premnitz zustande, nämlich mit unserem flotten Boot über unseren heimatlichen Fluss. Aber auch richtiggehende Urlaubstouren standen fortan auf dem Programm. Die erste sollte nach Neuruppin zu Helgas Onkel führen. Als ich mich aber am Ufer des Gülper Sees bei Prietzen beim Schnitzen einer Zeltstange mit dem Messer in die Hand gestochen hatte, mussten wir auf Grund der vielen Wehre entlang des Rhins vorzeitig kapitulieren.

Die zweite Fahrt verlief glücklicher. Zuerst die Havel stromauf nach Brandenburg, durch den Elbe-Havel-Kanal über Genthin, bei Parey in die Elbe, in rasanter Fahrt stromabwärts bis Havelberg und wieder auf der Havel zurück nach Rathenow. Schließlich die letzte größere Fahrt vom 13.-22.8.1957 über Brandenburg , Richtung Potsdam, bis in das Havel-Seengebiet um den Götzer Berg bei Deetz. Es waren romantische Erlebnisse auf dem Wasser und an den Ufern, mit Schlafsack, Zelt und Spirituskocher. Wir beide waren bald ein eingespieltes Team, und unsere Paddelschläge waren an Harmonie wohl recht ansehenswert. Aber nicht nur im Boot, sondern auch im Leben bewegten wir uns im gleichen Takt vorwärts. Folgerichtig ergab sich die Entscheidung, unsere Verlobung zu feiern. Am 16. Februar 1957, 3 Jahre nach unserem ersten gemeinsamen nächtlichen Weg zum Rathenower Süd-Bahnhof, steckten wir uns beide die goldenen Ringe, die wir uns aus Westberlin mitgebracht hatten, gegenseitig an den Finger. Alle meine Freunde, nun bereits ebenfalls mit weiblicher Begleitung, nahmen an unserer Verlobung teil, die übrigens nach den authentischen Aufzeichnungen von 17 Uhr bis morgens 4 Uhr in „Baesekows Festsälen" in der Mittelstraße 15 stattfand. Wir besaßen damals bereits ein Tonband-Gerät, ein wuchtiger großer Holzkasten mit der Typenbezeichnung „Topas". Es durfte bald bei keiner Feierlichkeit fehlen, auch wenn wir es vorher mühevoll mit dem Wäschekorb zum Ort des Geschehens transportieren mussten. Ihm verdanken wir es aber, dass man sich noch heute an der Festansprache meines Vaters auf der Verlobung oder an den Schilderungen des „Chefreporters" Günter Hinneburg ergötzen und erfreuen kann.

Ich möchte die nächste Zeit bis zum Ende des Studiums noch in aller gebotenen Kürze erwähnen, insoweit meine Heimatstadt dabei eine Rolle spielt. Als ich bei einem Kartoffelernte-Einsatz in Wittenburg im Oktober 1958 von Helga einen Brief bekomme, ist die Überraschung und Freude groß. In sehr liebevoller Art teilt sie mir mit, dass ich nun bald Vater werde. Na ja, mit 24 Jahren ist wohl daran nichts Ungewöhnliches mehr, und warum soll eine richtige Jugendliebe nicht ihre Früchte tragen. Wir wollten zwar erst nach beendetem Studium heiraten, aber warum soll eine Studentenehe nicht auch ihre Reize haben? So werden wir eben nicht wie geplant 3 Jahre Verlobte bleiben, sondern schon nach knapp 2 Jahren den gemeinsamen Namen annehmen, zumal ja die Frau dem Allerweltsnamen „Meyer" keine Träne nachweinen sollte. Wir heiraten natürlich in Rathenow, es muss auch nicht unbedingt eine kirchliche Trauung sein. Unser gemeinsamer Oberschuldirektor, Herr Schirrholz, erklärt sich bereit, im Kulturhaus die Festansprache zu halten, oder besser gesagt, mit ein paar persönlichen Worten diesem Höhepunkt in unserem Leben eine unverwechselbare freundschaftliche Note zu verleihen. Nach der standesamtlichen Trauung am 6. Dezember 1958 geht es deshalb ins Kulturhaus. Als wir es wieder verlassen, sind wohl

alle überzeugt von dieser Form der Eheschließung. Meine Mutter formuliert es in ihrer eigenen Art mit den Worten: "Es war ja schöner als in der Kirche"- und das soll bei ihr schon etwas heißen.
Bald muss Helga ihr Studium unterbrechen, sie wohnt bei ihrer Mutter in Premnitz und erwartet das freudige Ereignis. Kurz nach Ostern, am 31.März 1959 abends, wird im Rathenower Krankenhaus unser Sohn Tomas geboren, ein gesunder, strammer Junge.

Wenn er eines von seinem Vater geerbt hat, dann ist es ganz bestimmt die Liebe zu seiner Geburtsstadt. Er ist dann nicht einmal 1 Jahr alt, als wir nach Wolfen umziehen, aber später weilt er oft bei seinen Großeltern, verbringt viele Ferientage in Rathenow und arbeitet als Zootechniker in Wassersuppe. Er heiratet auch hier, unsere zwei Enkelsöhne aus dieser Ehe sind wiederum „Rathenower". Noch heute, als Polizeibeamter in Rostock, legt er auf seinem Weg zu uns nach Dessau fast immer einen Zwischenaufenthalt in Rathenow ein.
Aus unserer Ehe gehen noch zwei weitere Kinder hervor. Beide werden aber schon in Wolfen geboren, unsere Tochter Christina am 18.2.1961 und unser Sohn Hardy am 16.6.1963. Wir sind nicht weniger stolz auf sie, haben sie sich doch beide zu vernünftigen und liebenswerten Menschen entwickelt. Mit Christina und ihrer fünfköpfigen Familie leben wir nun in einem Neubauhaus unter einem Dach in Dessau, und Sohn Hardy mit Frau Heike und dem kleinen Franz besuchen wir oft in Mellingen bei Weimar.
Aber ich war ja bei der Geburt unseres Tomas stehen geblieben. Als er mit seiner Mutter aus dem Krankenhaus entlassen wird, kehren sie nach Premnitz zurück, um dann später wieder nach Rathenow in die Baderstraße 8 zu meinem Onkel und meiner Tante umzuziehen. Sie bewohnen dort ein kleines, aber eigenes Zimmer. So oft wie es geht, halte ich mich bei ihnen auf. Ansonsten erfahre ich alles über die Entwicklung meines Sohnes aus den Briefen, die ich in Dresden von Helga empfange. Der Endspurt meines Studiums hat begonnen, es gibt für die Prüfungen viel zu lernen. Dann muss ja auch noch die Diplom-Arbeit angefertigt werden, mit einem festen Abgabetermin. Sie bezieht sich übrigens auf die Nebenbahnstrecke Freital – Gittersee bei Dresden. Aber auch hierbei erhalte ich Hilfe von meiner Frau, die für das Schreiben dieser Arbeit eine qualifizierte Sekretärin aus Premnitz arrangiert. So verläuft zwar alles recht hektisch, aber erfolgreich. Im November 1959 dann die feierliche Übergabe der Abschlusszeugnisse, für mich mit der Gesamtnote „Gut". So komme ich als Diplom-Ingenieur in meine Heimatstadt zurück. Der Vollständigkeit halber will ich erwähnen, dass auch meine Helga ihr zwangsweise unterbrochenes Studium trotz aller schwierigen Begleitumstände noch nachträglich erfolgreich beendet und damit ihre Berufsausbildung als Ingenieur abschließt.
 Es naht der endgültige Abschied aus Rathenow. Noch einmal findet sich der mit unseren Frauen erweiterte Freundeskreis zur Silvesterfeier in der Kleinen Milower Straße (in den Räumen von Spediteur Manns) zusammen. Da tanze ich mit meiner

Helga zu einem wegen der unmittelbaren Gegenwartsbezogenheit unvergesslich gebliebenen Schlager von Freddy Quinn: „Es kommt der Tag, da will man in die Fremde, dort wo man wohnt ist alles öd und leer. Fährt ein weißes Schiff nach Hongkong,…..„. Zwar geht es 3 Tage später nicht gerade nach Hongkong, aber mit dem Zug und unserem dreivierteljährigen Sohn in eine relativ ungewisse Zukunft, Endstation Wolfen, der Ort meiner ersten Arbeitsstelle.
Hier soll meine „Kleine Rathenower Geschichte" enden.

Aber was ist aus meinen anderen Jugendfreunden geworden? Dieser kleine Exkurs sei noch gestattet. Wir hatten ja am 5. Februar 1954 unsere Vereinigung „Neu-Germania" gegründet. Ihr gehörten alle meine Freunde und auch zeitweise andere Mitschüler und Mitschülerinnen an. Man munkelte, dass sogar die FDJ-Organisation in ihr einen Konkurrenten sah, was wiederum nicht ganz ungefährlich erschien. Unser leider viel zu früh verstorbener Mitschüler Arnold, ein Deutsch-As, hatte unsere Hymne gedichtet. „Seht ihr stolz die Banner wehen, Neu-Germania sei`s Panier. Seht ihr frei uns Recken stehen, Neu-Germania, das sind wir." Unter diesem stolz klingenden Namen blieb auch nach der Schulzeit unser Stamm erhalten. Da war Lothar Schmidt, genannt Dony, mit seiner Freundin und späterer Ehefrau Ingrid Hufschläger. Nach 10 Jahren Schulzeit arbeitete Dony in den Rathenower-Optischen-Werken und qualifizierte sich hier bis zum Meister. Die Schmidt´s sind die einzigen, die der gemeinsamen Heimatstadt die Treue hielten und heute noch hier wohnen. Dann das Geschwisterpaar Siegfried und Günter Hinneburg, bei uns Macy und Texas. Ersterer arbeitete in der Brauerei und in den ROW als Heizer, heiratete Ilse Pilz und zog vor ein paar Jahren zu seiner Tochter nach Schwerin. Mein Freund Texas lernte im Praktikum seine spätere Ehefrau Karin Seils kennen und zog nach dem Studium zu ihr nach Rostock. Er promovierte und war in leitender Stellung bei der Deutschen Seereederei und Schiffsmaklerei tätig. Mein Freund Hans-Joachim Wessel, genannt Wessy, arbeitete ebenfalls längere Zeit in den ROW, bevor er mit seiner Ehefrau Helga, geb. Braun, nach Potsdam Babelsberg verzog und in Teltow als Physiker tätig war. Hein Loew haben wir nach der Schulzeit völlig aus dem Auge verloren; augenscheinlich bestand bei ihm auch nicht das Bedürfnis zum Zusammenhalt. Anders sieht es mit Tim Seeger aus, der aber leider nach dem Abitur offiziell und erlaubt nach Westdeutschland verzog und unter den damaligen Verhältnissen kaum Möglichkeiten zu einem festen Kontakt mit seinem alten Freundeskreis besaß.
Dann stieß ja, wie erwähnt, Leo Scherff beim Studium noch zu uns. Er blieb Eisenbahner, arbeitete in der Versuchs- und Entwicklungsstelle der Deutschen Reichsbahn in Delitzsch, um dann mit seiner Ehefrau Martina, geb. Senf, seinen Wohnsitz nach Dessau zu verlegen. Schließlich schloss sich in Rostock noch Werner Koch, aus Görlitz stammend und als Chief (Techn. Leiter) auf dem Passagierschiff „Völkerfreundschaft" durch die Weltmeere segelnd, unserem festen Freundeskreis an. Mit seiner Ehefrau Hannelore, in Brandenburg geboren, bildeten sie eine äußerst

wertvolle Bereicherung unserer Vereinigung, weil sie mit ihren charakterlichen Eigenschaften und ihrer menschlichen Wärme vollkommen zu uns passten.
So sind wir heute noch als Rentner 7 gute Freunde geblieben, die zusammen mit den Frauen durch ein festes Band verbunden sind. Dabei ist es erstaunlich, mit welchen unterschiedlichen beruflichen Entwicklungen diese Freundschaft Bestand hatte. Es gab niemals Privilegien oder Vorurteile, geschweige denn Überheblichkeit.
In der Verantwortlichkeit alternierend, veranstalten wir einmal im Jahr ein Sportfest. Das soll vor allen Dingen dazu dienen, ein kontinuierliches Wiedersehen zu garantieren. Waren es zuerst z.B. 50 Meter-Lauf, Kugelstoßen oder Keulenwurf, so stehen jetzt mehr altersgerechte Sportarten auf dem Programm, z.B. Boccia, Dart oder Korbball. Nach Dänemark, Reiterhof Passin (Mecklenburg), fand dieses Jahr 1998 immerhin das 38. Sportfest, mit einwöchiger Dauer in Cerny Dul im Riesengebirge statt. 1999 wollen wir zum Ausgangspunkt zurückkehren. Dony organisiert das Sportfest in Rathenow. Wir sind alle froh und glücklich, dass dieses unvergleichliche Freundschaftsband über all die Jahre gehalten hat.

Ich habe diese „Kleine Rathenower Geschichte" für meine Kinder und Enkel aufgeschrieben, damit sie besser verstehen, in welcher Zeit ihr Vater und Großvater gelebt hat, welche Sehnsüchte und Phantasien er empfand und wie er durch die Zufälle des Lebens den hoffentlich richtigen Weg gefunden hat. Vielleicht aber lesen auch meine Freunde diese kleine Geschichte mit Interesse.
Denn wie formulierte es James Huxley so treffend: „Zunächst durch das gesprochene, doch weit mehr durch das geschriebene Wort ist der Mensch in der Lage, etwas von sich über den Tod hinaus zu tragen. Vielleicht rührt eine Zeile schwarzer Zeichen auf einer Seite einen Menschen zu Tränen, obwohl die Gebeine ihres Verfassers schon lange zu Staub zerfallen sind." Ein von mir hoch geschätzter Schriftsteller, Stefan Heym, drückte es so aus: „Wie wäre das, eine Möglichkeit nur, dass vielleicht eine Spur bleibt von den Gedanken, die man gedacht hat: Buchstaben, schwarze, auf weißem Papier, zu Worten geronnen. Wenn ich mir vorstell, irgendein Enkel wird kommen und ein Gedanke von meiner Person wird ausgehen von diesen Zeilen und erreichen des Enkels Bewusstsein, und auf einmal werd ich da sein, in dem Enkel, für einen flüchtigen Augenblick."

Mein Rathenow! So erinnere ich mich der liebenswerten Stadt in der Mark Brandenburg am besten mit den Worten eines märkischen Heimatdichters, nämlich Theodor Fontane: „Es war ein wunderbar schönes Leben in dieser kleinen Stadt, dessen ich noch jetzt, wie meiner ganzen bunt bewegten Kinderzeit, unter lebhafter Herzensbewegung gedenke."
Noch heute fühle ich mich mit meiner Heimatstadt verbunden, obwohl ich nach den 30 Jahren im ungeliebten Wolfen endlich in Dessau eine neue liebenswerte „Heimstatt" gefunden habe. Rathenow und Dessau: beide Städte haben ja auch viele

Gemeinsamkeiten, besonders bezüglich ihrer schönen Umgebung. In der märkischen Kleinstadt die Wiesen der Havel und die Wälder der „Streusandbüchse", in der anhaltischen Traditionsstadt die Elbwiesen und die zahlreichen Parks mit ihren Schlössern und Solitäreichen. Der kleine Exkurs in meine Vergangenheit hat mir stille Freude bereitet. Ich habe noch einmal viele Geschehnisse in Gedanken durchleben können und ein weites Feld zwischen Heiterkeit und Nachdenklichem gefunden. Ich las kürzlich einen Satz in dem Buch „Die Troika" von Markus Wolf, den ich für mich so zutreffend empfand: „So erlebte er die Erinnerungen eines großen Jungen, der auf die Siebzig zugeht."

Besonders meine Tagebuchaufzeichnungen aus der Schulzeit weckten schon längst entschwundene Erinnerungen und ließen die Gewissheit zurück, dass ich doch eine bemerkenswerte und interessante Jugendzeit erlebt habe. Vielleicht hätte ich einiges anders machen können, ob es aber besser gewesen wäre, möchte ich fast bezweifeln. Jedenfalls bin ich heute, da ich auf meinem Lebensweg den letzten Streckenabschnitt zurückzulegen habe, vollkommen überzeugt, dass ich nichts bereuen will.

(Aufgeschrieben im Jahre 1998)

4. Epilog

Wie ich die „Kleine Rathenower Geschichte" mit einem Aphorismus begonnen habe, so will ich auch den Schluss mit ein paar ganz persönlichen philosophischen Betrachtungen ausklingen lassen.

So haben sich bei mir schon in meiner Rathenower Zeit unter den Einflüssen meiner Eltern, Lehrer und Freunde bestimmte Lebensleitlinien herausgebildet, die da heißen: Toleranz, Gelassenheit und Gerechtigkeit. Ich habe versucht, sie in meinem weiteren Lebenslauf zu festigen, sie als Charaktereigenschaft Eingang finden zu lassen und anzuwenden. Inwieweit und mit welcher Intensität mir das gelungen ist, können andere besser beurteilen.

- **Toleranz**

    Man sollte sie auf allen Gebieten des Lebens anwenden, denn wie viel Unheil entsteht aus Intoleranz, besonders wenn sie mit ihrer übelsten Seite in Erscheinung tritt, nämlich dem Fanatismus.

    Kürzlich las ich in einem Buch die für mich beeindruckenden Worte: „ Wer sich selber gegenüber tolerant ist, ist es sicherlich auch zu anderen." Oder noch eindringlicher die Zeilen aus Voltaires „Traktat über die Toleranz":

    An dich richte ich meine Bitte, Gott aller Wesen, aller Welten, aller Zeiten. Du hast uns Herzen gegeben, nicht damit wir uns hassen, und Hände, nicht damit wir uns erwürgen. Gib, dass die winzigen Unterschiede in den Kleidern, die unsern gebrechlichen Leib bedecken, in unsern unzulänglichen Sprachen, in unsern lächerlichen Bräuchen, in unsern unvollkommenen Gesetzen, in unsern sinnlosen Überzeugungen, gib, dass alle diese winzigen Unterschiede, die uns so ungeheuer groß erscheinen und die nichtig sind vor dir, gib, dass sie nicht zu Signalen des Hasses und der Verfolgung werden. Gib, dass die Menschen Tyrannei über die Seelen genau so verabscheuen und in Bann tun wie Raub und Gewalt. Und wenn Kriege unvermeidlich sind, dann gib, dass wir uns wenigstens nicht auch mitten im Frieden hassen und zerreißen, sondern unsere Existenz dazu verwerten, in tausend Sprachen, doch in einem Gefühl, von Siam bis nach Kalifornien, deine Güte zu preisen, die uns den kurzen Augenblick geschenkt hat, den wir Leben nennen.

    Aber auch bei diametral gegenüberstehenden Eigenschaften hat jeder erstrebenswerte Grundsatz eine ihm selbst innewohnende zweite Seite. Da die Toleranz häufig mit Bescheidenheit verbunden ist, besteht die Gefahr, dass das Durchsetzungsvermögen und eine manchmal erforderliche Härte darunter leiden.

- **Gelassenheit**
  „ Gelassenheit ist die anmutigste Form des Selbstbewußtseins". Dieses Zitat stammt von Bettina von Arnim. Demgegenüber stehen die von mir stets als widerwärtig empfundenen anderen Seiten des Selbstbewußtseins, nämlich die Überheblichkeit und Arroganz.
  Bei der Gelassenheit wiederum besteht die Gefahr, dass sie manchmal den Eindruck der Gleichgültigkeit oder des Desinteresses erzeugt.
- **Gerechtigkeit**
  Wenn auch ein schwieriges Unterfangen, sollte man doch versuchen, in allen Lebenslagen gegenüber Freund und Feind gerecht zu urteilen und zu entscheiden. Häufig kann psychisch nichts so wehtun, als wenn man ungerecht behandelt wird.
  Man sollte aber auch nicht glauben, dass man die Gerechtigkeit für sich selbst gepachtet hat. Da bauen die Worte „Vielleicht hast *du* recht" oft Brücken zu unserem Mitmenschen (so formulierte es eine kluge Frau, Martha Dunagen Saunders).

Noch ein Nachsatz zu meiner Bemerkung, dass andere meine Charaktereigenschaften besser beurteilen könnten. Eine für mich stolze Einschätzung, wenn auch mit kleineren verdeckten Einschränkungen, fand ich auf dem Halbjahreszeugnis der Klasse 9A, als Beurteilung meines Klassenlehrers Sparmann: *„B. zeigt dank einer überdurchschnittlichen Begabung überwiegend sehr gute Leistungen. Auch charakterlich hat er die besten Anlagen. Er setzt sich, vor allem auch als Klassensprecher, mustergültig für die Klassengemeinschaft ein."*
Ich selbst fühlte mich beim Lesen des Romans „Die Architekten" von Stefan Heym von einer Passage sehr beeindruckt, weil sie nach meiner Meinung recht gut auch für mich zutreffen könnte. Hier ist sie:
„Er sah sich als einen im Grunde simplen Menschen; lässig eher als ehrgeizig; einer, der sich anpassen konnte an jeden, der ihm auch nur eine halbe Chance bot; ein Genießer in bescheidenen Maßen, der gerne lachte und es vorzog, Hindernisse, die sich nur schwer überwinden ließen, aus dem Weg zu gehen.

Übrigens sind mein Vater, meine Schwester und ich im Tierkreiszeichen der Waage geboren. Eine typische Eigenschaft des Waage-Menschen soll ja auch der Sinn für Gerechtigkeit sein. Aber gibt es charakterliche Stärken und Schwächen, die durch den Lauf der Sterne beeinflusst oder sogar bestimmt sein können? Ich glaube mehr an die Vererbung solcher Dinge und werde eigentlich in dieser Auffassung bei meinen Kindern bestärkt. Auf einem Wanderurlaub unterhielt ich mich sehr angeregt darüber mit einer sehr sympathischen Frau aus Linz. Sie war sofort mit ihrem Urteil parat, wenn sie das Geburtsdatum ihres Partners wusste, oder umgekehrt wollte sie einen Menschen anhand seiner Eigenschaften in ein Tierkreiszeichen einordnen. Auf meine gegensätzlichen Argumente antwortete sie einmal: „Es gibt so viele Dinge zwischen

Himmel und Erde, über die wir nichts wissen und die mit dem Verstand allein nicht zu begreifen sind." Nach meiner eigenen, vorher erwähnten Einstellung zum Thema „Gerechtigkeit" will ich zum Schluss sagen: Vielleicht hast *du* recht!

Nachtrag (Aufgeschrieben am 4. Februar 2001, vier Tage nach meinem Herzinfarkt)
„Und dann war dieser Tag einfach da, ganz plötzlich, daß man die Bedeutung nicht ganz erfassen konnte. Warum gerade jetzt ? – Als ich aus dem Auto, mit dem mich Helga zur Notaufnahme gebracht hat, aussteigen will, geht es einfach nicht mehr. Dann auf der Trage das Zittern am ganzen Körper, das unmögliche, bisher noch nicht gekannte Herzflattern. Wieviel Zeit ist vergangen, als der Katheter von der Leiste zum Herzen bewegt wird? Dann der Gedanke, das wird wohl das Ende sein. Eigentlich gar nicht allzu schlimm, wenn es für dich nun keine Zeit mehr geben soll. Einfach so abtreten und nicht mehr da sein. Alles geht morgen seinen gewohnten Gang, bloß du bist nicht mehr dabei. Hast du auch nichts Wichtiges mehr vergessen, was du unbedingt noch hättest tun sollen?
Und ich wollte doch noch ganz bestimmt bei der Einschulung unseres Franz dabei sein, wie bei meinen anderen geliebten Enkeln. Aber sicher werden sie dich alle vermissen."

5. Bilder meiner Stadt

Ich schaue mir gern alte Bilder und Fotos an, dazu gehören natürlich auch solche aus meiner Heimatstadt.
Vor langer Zeit bekam ich ein kleines Fotoalbum geschenkt, mit einer Zeichnung von der Rathenower Kirche auf dem Einband und vielen herrlichen Hochglanzbildern von meinem Vorkriegs-Rathenow, im Format 10 x 15 cm.
In den 50-ziger Jahren fotografierte ich dann selbst, wobei die Qualität der Aufnahmen natürlich nicht vergleichbar war, eben amateurhaft. In den 90-ziger Jahren kam ich auf die Idee, die gleichen Motive, vom gleichen Standort, mit meiner neuen Kamera festzuhalten, wie sie sich nun nach vielen Jahrzehnten darboten. Eine Gegenüberstellung ergab beeindruckende, äußerst interessante Vergleiche.
Rathenow im Wandel der Zeit!
Ein paar Exemplare möchte ich auch hier beifügen, weil sie bildlich darstellen, was der Text manchmal nicht ausdrücken kann.

Mit meinem Fotoapparat kann ich ab 1949 unvergeßliche Eindrücke und Erinnerungen fest halten

Am Platz des Friedens entstehen neue Wohnungen und wie es vor 1945 hier aussah

**Blick von der Schleusenbrücke
auf die zerstörte Berliner Straße**
(Im Hintergrund links der erhalten
gebliebene Teil der Post)

1999 stehe ich wieder auf der Brücke
und fotografiere die Berliner Straße

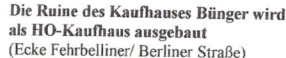

**Die Ruine des Kaufhauses Bünger wird
als HO-Kaufhaus ausgebaut**
(Ecke Fehrbelliner/ Berliner Straße)

50 Jahre später :der gleiche Blick !

Worauf jeder Rathenower stolz ist:

Sankt-Marien-Andreas-Kirche

1. Vor der Zerstörung
   (in den 40-ziger Jahren)

2. Nach der Zerstörung 1949
   Vom Weinberg aus fotografiert

3. Dann wurde ihr Turm noch kleiner
   (ab den 70-ziger Jahren)

4. Endlich der Wiederaufbau 2002

5. Ein Jahr später grüßt sie wieder in ursprünglicher Form

Die Postkarte von Dr. Heinz Schirrholz aus dem Jahre 1999

6. Nachtrag

Brief an meinen ehemaligen Oberschuldirektor Dr. Heinz Schirrholz

Lieber Heinz!

Da es mit einem Wiedersehen doch (noch) nichts geworden ist, sollst Du auf diesem Wege wieder mal etwas von mir hören. Als ich vor längerer Zeit mit meinem Freund Günter Hinneburg mal wieder zusammentraf, bestärkte er mich in meinen Überlegungen, unsere gemeinsamen Jugenderinnerungen aus Rathenow aufzuschreiben. Ich habe es nun versucht, und herausgekommen ist eine „Kleine Rathenower Geschichte". Natürlich gibt es hierin viele subjektiv gefärbte Ereignisse, und bei einem Erinnerungsprotokoll muss sich auch nicht alles genauso zugetragen haben. Ich habe erst kürzlich ein Zitat von Bertha von Suttner über die Erinnerung gelesen: *„Man trägt doch eine eigentümliche Kamera im Kopfe, in die sich manche Bilder so tief und deutlich einätzen, während andere keine Spur zurücklassen".* Trotz allem hoffe ich dass Du mit Rückblick auf unsere gemeinsame Zeit auch etwas Interesse an meine kleine Story hast und es nicht als Zumutung betrachtest, wenn ich Dir ein Exemplar übersende.

Wir verbleiben mit ganz persönlichen Grüßen, auch an Deine Frau,

Deine ehemaligen Schüler Helga und Hans.

E-Mail von meinem Freund Günther Hinneburg

Als unser Sohn Hardy im Internet eine persönliche Seite der Familie Baesekow einrichtete, gehörte meine „Kleine Rathenower Geschichte" natürlich zum Inhalt. Genau so selbstverständlich konnte mein Freund Günter Hinneburg darauf zurückgreifen, denn er gehörte ja eigentlich als „bester Nebendarsteller" zu dieser Chronik. Seine Resonanz war für mich so überaus erfreulich. Hier nachfolgend seine betreffende E-Mail

Von: "Dr. Günther Hinneburg" <elpresidente@rostock-masters.de>
An: "Baesekow Web.de" <baesekow@web.de>
Betreff: Geburtagsgruß
Datum: Montag, 4. Dezember 2006 19:03

Hallo , mein lieber Toma,
nun wird es Zeit, dass ich mich melde. Der 72. ist schon eine Woche vorbei und ich muss dir noch meinen besonderen Dank aussprechen.
Ich habe mich wirklich sehr gefreut, deine Seite im Internet anzuklicken und alles noch einmal in Ruhe zu lesen. Obwohl die Chronik im Schrank liegt, ist es doch wieder etwas anderes, sie plötzlich auf dem Bildschirm zu finden. Und es sind doch viele Bilder zu sehen, die an die alte Jugendzeit erinnern und immer wieder Ereignisse von damals Gegenwart werden lassen.
Wir waren schon eine prima Truppe. Was heißt waren, wir sind es auch heute noch. Nur eben ein paar Jährchen älter.
Dein Kompendium reizt auch immer wieder zum Blättern.- Ich hatte es vor Jahren ja schon mit meinen Aufzeichnungen zusammen kopiert und abgeheftet. Jetzt ist es gespeichert, auch für die Nachwelt.
Also, lieber Toma, nochmals ganz herzlichen Dank. Es hat mich gefreut, auf diese Art und Weise auf einen Teil auch meiner 72 Lebensjahre zurückblicken zu können.

Dein Texas

7. Zufälle und Entscheidungen

Ich habe einmal ein paar Sätze der amerikanischen Professorin Lisa Bain gelesen. Ich war von ihrer tiefgründigen, emotionalen Ausdrucksweise sehr beeindruckt:

„Manchmal denke ich darüber nach, wie die Zeit uns vorantreibt. Wir kommen an einen Punkt, wo wir uns entscheiden müssen. Durch Zufall oder durch die Wahl, die wir treffen, lassen wir andere Leben zurück, die wir hätten leben können – erfüllt von anderen Leidenschaften und Freuden, anderen Sorgen und Enttäuschungen. Ich denke über die Leben nach, die nicht stattgefunden hätten, wenn der Zufall oder eine bewusste Entscheidung uns an einen anderen Ort geführt hätte."

Es steht viel Weisheit und nach meiner Meinung auch viel Wahrheit in dieser Lebensauffassung. Denn wie oft wird auch von der Vorsehung oder von einem imaginären Gott gesprochen, die unsere Geschicke lenken. Aber ist es nicht oft eine persönliche Entscheidung, ist es manchmal nicht ein kleiner dummer oder auch glücklicher Zufall, der unser Leben so entscheidend beeinflussen kann?! Natürlich wächst auch die persönliche Entscheidung aus dem Charakter und der erworbenen Lebenserfahrung eines Menschen. Er hört auf seine innere Stimme. Die Psychologen nennen das „im Einklang mit sich selbst sein". Letztendlich fasst er jedoch seinen Entschluss und beeinflusst damit selbst sein weiteres Leben, obwohl er zum Zeitpunkt seiner Entscheidung oder auch einer zufälligen Begebenheit nicht vorhersehen kann, welche weitgehenden Auswirkungen hieraus entstehen.

Man darf natürlich nicht übersehen, dass der Mensch sich manchmal in Situationen gedrängt sieht, wo es ihm schwer fällt, seine eigene Entscheidung zu treffen, vielleicht sogar unmöglich gemacht ist. In solch schicksalhaften Momenten geht es ihm wie einem Schauspieler, der aus seiner Rolle nicht mehr heraus kann; oder wie einem Soldaten im Krieg, der durch mancherlei Befehle in seiner Entscheidungsfreiheit eingeschränkt ist und sich oftmals relativ unbeeinflussbar und ohnmächtig dem Schicksal ergeben muss. Und hier ist es dann nur ein kleiner Schritt, doch an eine höhere Gewalt zu glauben und von ihr ein Wunder zu erflehen.

Ich habe darüber nachgedacht, wie sich diese philosophischen Aspekte durch Beispiele in meinem persönlichen Leben verdeutlichen lassen. Ich fand vier Begebenheiten, die zumindest ein Licht auf diese relative Wahrheit werfen.

I. Am 22. Oktober 1946 gegen 6 Uhr früh klopften russische Soldaten an unsere Haustür. Drinnen erklärte ein Offizier, mein Vater müsse für einige Zeit nach Russland, um dort als „Spezialist" zu arbeiten. Er hätte die Menschen anzulernen, mit den optischen Maschinen zu arbeiten, die als deutsche Reparationsleistungen nun in der Nähe von Charkow stünden. Es gäbe die Möglichkeit, seine Familie mitzunehmen; die Worte des Offiziers sinngemäß: „Familie muss nicht, Du musst!". Die Russen fuhren bereitwillig mit meinem Vater auf einem LKW nach Niebede, wo meine Schwester als Lehrerin arbeitete. Aber auch sie konnte sich nicht so plötzlich entscheiden. Ausschlaggebend war wohl dann eine Abstimmung mit zwei ebenfalls zwangsverpflichteten „Spezialisten" aus Rathenow-West. Als mein Vater von ihnen zurückkam und berichtete, Kahle und Fritze würden allein ohne Familie fahren, da stand seine Entscheidung fest, dass er nun auch allein mit den beiden anderen Leidtragenden ins Ungewisse reisen würde. Viel später kam dann der erste Brief aus Isjum, und wir wussten, dass er in dieser ukrainischen Kleinstadt bei Charkow gestrandet war. Dort traf er auf einige Männer aus den Zeiss-Werken Jena, die aber alle mit ihren Familien zusammen geblieben waren. Wenn ich es genau betrachte, war die Entscheidung meines Vaters für mich persönlich als 12-jährigen Knaben ein Zufall, der mich in meiner Heimatstadt Rathenow beließ und meine weiteren Jugendjahre in entscheidendem Maße prägte. Ich habe mich später noch oft gefragt, welche Entwicklung hätte ich wohl genommen, wäre meines Vaters Entscheidung damals anders ausgefallen. Gar nicht auszudenken, wie mich fünf Jahre in Nachkriegs-Russland geformt hätten und was danach in Deutschland aus mir geworden wäre.

II. So konnte ich die 8. Klasse der Karl-Marx-Schule mit Auszeichnung abschließen und kam im September 1950 in die EOS (Erweiterte Oberschule). Als schon bald durch organisatorische Veränderungen eine Aufteilung in naturwissenschaftliche und sprachliche Klassen erfolgte, musste ich mich für eine Richtung entscheiden. Das fiel mir gar nicht so leicht, aber am Ende meiner Überlegungen schrieb ich kurz und ganz emphatisch in meinen Kalender: *„Heute am 1. März um 9 Uhr und 3 Minuten, fiel mein schicksalhafter Entschluss fürs Leben. Ich entschied mich für den naturwissenschaftlichen Zweig."* Damit war zumindest der Inhalt meiner Ausbildungsziele vorgegeben, und so beeinflusste auch dieser Entschluss maßgeblich meine weitere Entwicklung, weit über die Schulzeit hinaus.

III. Das Abitur rückte näher. Da ich keinen festen Berufswunsch besaß, wurde es Zeit, sich ernsthafte Gedanken darüber zu machen, wohin der weitere Weg gehen soll. Ich besaß inzwischen eine lieb gewonnene feste Freundin, und mein Vater war im Januar 1952 aus Russland zurückgekehrt, also immerhin gute

Möglichkeiten, mich familiär beraten zu lassen. Letztendlich lag aber die Entscheidung bei mir allein. Ich überlegte sehr lange und beschäftigte mich intensiv mit den Studienmöglichkeiten. Einer anderen gezielten Werbung in der Schule zur Ausbildung zum Offizier der NVA konnte ich ausweichen, da ich nicht Mitglied der Sozialistischen Einheitspartei war und demzufolge auch keinen entsprechenden „Parteiauftrag" erhalten konnte. Nach meinen Vorstellungen sollte sowohl das künftige Studium als auch der Beruf nicht zuviel Ökonomie, aber auch keine ausschließliche Technik beinhalten. Endlich schien es mir, das Richtige gefunden zu haben: ich erwählte die Fachrichtung Eisenbahnbetrieb und -verkehr und stellte einen Studienantrag bei der Hochschule für Verkehrswesen Dresden. Meine Mutter und meine Tante waren ganz begeistert, weil ich ja nun so eine schmucke Uniform anziehen konnte, ähnlich wie sie ihr eigener Vater getragen hatte, der als Oberpostschaffner ein respektabler Beamter gewesen war. Wenn sie gewusst hätten, wie mir alles Uniformierte zuwider war! Erfreulicherweise bestand an der Hochschule kein Uniformzwang, und auch im Berufspraktikum brauchte ich mich nicht äußerlich als Eisenbahner präsentieren. Warum ich auch nachher im Beruf davon verschont blieb, resultierte wieder aus einer späteren Entscheidung am Ende meines Studiums. Zurück zur Studienbewerbung. Mit Schreiben vom 13.6.1955 erhielt ich die Mitteilung aus Dresden über die erfolgte Immatrikulation. Damit hatte meine Entscheidung (um mich schon mit der Eisenbahnersprache auszudrücken) die Weichen für die Zukunft gestellt, die Fahrt verlief nun auf der gewählten Strecke.

IV. Einige Jahre später erreichte ich auf meiner Lebensreise den nächsten größeren Bahnhof, ich musste umsteigen und eine Fahrkarte für ein neues Ziel lösen. Das Studium neigte sich dem Ende zu und sollte nun in das Berufsleben münden. Aber ein Einzelfahrschein reichte nicht mehr aus, es musste jetzt schon eine Familienfahrkarte gelöst werden. Denn mittlerweile war ich mit meiner Schulfreundin verheiratet, und die Studentenehe hatte bereits ihre Frucht in Form eines strammen Sohnes Tomas getragen. Damit verbunden, war auch eine wesentlich größere Tragweite nunmehr unserer Entscheidung gegeben. An den Hochschulen der DDR war es zu dieser Zeit (1959) üblich, die Absolventen an die neuen Arbeitsstellen zu vermitteln. Von den knapp 100 Studierenden im Abschlusssemester meiner Fachrichtung ging der größte Teil zur Deutschen Reichsbahn, nur 10 Plätze waren für die volkseigene Industrie vorgesehen. Das waren Betriebe mit eigenem größeren Schienennetz und dem entsprechenden Werkbahnverkehr; sie besaßen so genannte „Anschlussbahnen" (an das Netz der Reichsbahn „angeschlossen"). Ich kann mich nicht mehr so genau erinnern, warum ich mich für die Minorität entschied. Jedenfalls mussten sich die zehn betreffenden Studienabgänger untereinander einigen, wer denn wohin gehen wollte, zum Beispiel Stahlwerk Brandenburg, Chemiekombinat Buna oder Espenhain, schließlich auch die Farbenfabrik Wolfen. Ich kannte Wolfen nur dem Namen nach, aber AGFA Wolfen war doch irgendwie mit Foto-Industrie und Chemie verbunden. Da auch meine Frau Helga ein Chemiestudium absolvierte, erschien uns dieses Los als günstig. Ich zog es – damit sollte ich nun eine sehr lange Zeit meines Lebens, über 30 Jahre, mit meiner Familie nahe der berühmt berüchtigten Kreisstadt Bitterfeld leben. Eine einzige Entscheidung mit so weit greifenden Auswirkungen! Natürlich gab es auch danach immer noch viele Möglichkeiten, um eine neue Wende herbeizuführen, aber der Ausgangspunkt war gesetzt.

Wie hieß es doch bei der Professorin Bain:
„Durch Zufall oder durch die Wahl, die wir treffen, lassen wir andere Leben zurück, die wir hätten leben können – erfüllt von anderen Leidenschaften und Freuden, anderen Sorgen und Enttäuschungen."
Meine Beispiele können doch diese Worte nur bestätigen. Auch für mich waren im Laufe der Jahrzehnte ganz andere Lebensläufe möglich, man kann sie sich nur in seiner Phantasie vorstellen und ausmalen. Aber wie glücklich und zufrieden kann ich mich an meinem Lebensabend zurücklehnen, wenn ich am Schluss meiner „Kleinen Rathenower Geschichte" folgendes bemerkenswerte Fazit gezogen habe:
„Vielleicht hätte ich einiges anders machen können, ob es aber besser gewesen wäre, möchte ich fast bezweifeln. Jedenfalls bin ich heute, da ich auf meinem Lebensweg den letzten Streckenabschnitt zurückzulegen habe, vollkommen überzeugt, dass ich nichts bereuen will."

8. Vorfahren und Nachkommen

Ein Großvater ist mir besonders ans Herz gewachsen, obwohl ich ihn bewusst nicht mehr kennen lernen konnte. Wie ich heute weiß, starb er schon mit 61 Jahren am 23. Januar 1937 an einem Schlaganfall. Da war ich gerade mal 2 ¼ Jahre alt. Er hieß Hermann Wagener, zu diesem Zeitpunkt „Ober-Postschaffner in Ruhe" und Vater von zwei Töchtern, von denen eine meine Mutter war. Er soll ein vorbildlicher und gutmütiger Familienvater gewesen sein. Und was mich immer besonders beeindruckt hat, er soll mit mir oftmals auf dem Weinberg in Rathenow spazieren gegangen sein und sich sehr über seinen einzigen Enkelsohn gefreut haben. Dazu kam später eine häufig von meiner Tante Lieschen, seiner erstgeborenen Tochter, gehörte Bemerkung zu mir: „Du kommst genau nach deinem Großvater". Das sollte dann immer ein Lob für mich sein.

Viele Jahre später, als ich selbst schon Vater geworden war und nicht mehr in Rathenow wohnte, besuchte ich bei jedem Aufenthalt in meiner Heimatstadt seine Grabstätte auf dem Weinberg-Friedhof, wo er seine letzte Ruhe gefunden hatte. Seit 1956, also fast 20 Jahre nach ihm, war auch seine Ehefrau, meine Großmutter, neben ihm bestattet und ihr Name auf demselben Grabstein verewigt worden. „Verewigt"? Eines Tages, als ich wieder einmal in stillem Gedenken die Gräber aufsuchte, fehlte der Grabstein. Ein Denkmal hatte sich aus meinem Leben verabschiedet. Erst zu diesem Zeitpunkt wurde mir bewusst, dass ich zwar das Geburtsdatum meines Großvaters kannte (6. August 1875), aber nicht seinen auf dem Grabstein vermerkten Sterbetag. Es gab keinen Menschen mehr, der mir darüber eine Antwort geben konnte, und so richtete ich an das Kirchenbüro der St. Marien Andreas Gemeinde in Rathenow die Anfrage, ob hierüber eine Auskunft möglich sei. Schon kurze Zeit später erreichte mich ein Brief

mit einem Auszug des Sterberegisters der Kirchengemeinde Rathenow aus dem Jahre 1937.
Unter der laufenden Nummer 32 war der Sterbeeintrag meines Großvaters vermerkt. Die für die Sucharbeit erbetene Spende habe ich gern überwiesen.

Evangelische Kirchengemeinde St. Marien - Andreas

Ev. Kirchengemeinde, Kirchplatz 11, 14712 Rathenow

Herrn
Hans Baesekow
Lindenstr. 70

06847 Dessau

Gemeindebüro Tel.: 03385/512390
Fax: 03385/5200182
Pfr. Buchholz Tel.: 03385/516894
Pfr. Schöne Tel.: 03385/516006
Fax: 03385/499065
Email: info@ev-kirche-rathenow.de

Rathenow, 13. Februar 2003

Betrifft: Ihr Brief vom 06.02.03

Sehr geehrte Herr Baesekow,

in Beantwortung Ihres Briefes möchte ich Ihnen nun heute die gesuchten Daten schicken. Im Sterberegister der Kirchengemeinde Rathenow von 1937 ist unter der laufenden Nr. 32 (nicht mitkopiert) der Sterbeeintrag Ihres Großvaters vermerkt.

    Hermann Wagener, 61 Jahre, Bergstr. 27
    Gestorben: 23.01.1937
    Beerdigung: 26.01.1937 durch Pf. Detert

Für die Sucharbeit erbitten wir eine Spende für unseren Friedhof auf das unten angegebene Konto unter dem Stichwort „Friedhof Rathenow".

Mit freundlichen Grüßen

Kontoinhaber: Kirchenkreis Rathenow, Konto: 3861008890, BLZ: 16050000, bei der Mittelbrandenburg. Sparkasse

Was ist mir sonst von meinem Großvater geblieben? Sicherlich ein paar vererbte Eigenschaften, ein Blick ins Album auf einen stattlichen Mann mit dem unverkennbaren Schnurrbart - und eine Feldpostkarte vom 13.5.1915. Unser Sohn Tomas hat sie mir übereignet, und ich habe sie mir schon so oft angeschaut, die handgeschriebenen Zeilen in Sütterlinschrift und auf der Vorderseite den fast 40-jährigen Landsturmmann in der Uniform des 1. Weltkrieges. Wie wird er sich gefühlt haben? Da ich selbst glücklicherweise nie eine Uniform anziehen musste, kann ich es nur ahnen. Ich kenne nicht die Antwort auf seine bange Frage: „Haben sie Schwager Hermann dieses mal eingesetzt?", aber ich weiß, dass dieser Schwager das Kriegsende nicht erlebte.

Dieses Schicksal blieb meinem Großvater und seiner Familie erspart, und so konnte er sich 20 Jahre später noch an seinem Enkelsohn erfreuen.

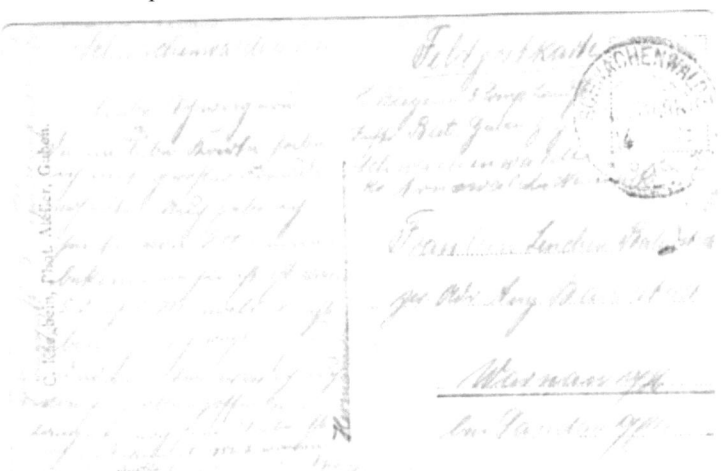

Feldpostkarte

Hermann Wagener, 3.Comp. Landsturm Inftr.Bat. Guben
z.Z. Schwachenwalde Kr.Arnwalde Neumark

Liebe Schwägerin (Lenchen Ballerstedt, Warnau)
Deine liebe Karte habe ich mit großer Freude erhalten. Auch habe ich heute von Otto eine bekommen, sie ist vom 5. dieses Monats.
Sonst bin ich noch recht gesund und munter, was ich auch von Euch allen hoffe.
Wie lange ich noch hier bleibe, ist noch unbestimmt. Mit vielen Grüßen verbleibe ich
Dein lieber Schwager.
Haben sie Schwager Hermann dieses mal eingesetzt? Schreibt recht bald wieder.
Hermann

Es gebührt sich wohl, nach der Erinnerung an meinen Großvater mütterlicherseits auch die namensgebenden Großeltern ins rechte Licht zu setzen. Ja, mit unserem Familiennamen „Baesekow" gibt es schon seine Besonderheiten, und diese kuriosen Begleitumstände kann der junge Mensch des 21. Jahrhunderts kaum noch verstehen, es sei denn, er beschäftigt sich mit den traditionellen Auffassungen der Vergangenheit.

Also gehen wir mit der Zeit weit zurück und beginnen im Jahre 1829. In dem kleinen Haveldörfchen Gülpe wurde ein gewisser Christian Rösicke geboren, der später als Tischlermeister sicherlich zu den angesehenen Bewohnern gehörte und Catharine Dorothee Kuhse heiratete. Zwei ihrer Töchter sollten dann für meine spätere Familie eine prägende Rolle erlangen. Die ältere, Luise, bekam am 8.11.1864 eine Schwester mit Namen Anna, und die sollte 70 Jahre danach als meine Großmutter in der Ahnengalerie erscheinen.

Aber wer sollte mein Großvater werden? Einige Zusammenhänge der familiären Entwicklung müssen im Dunkel der Vergangenheit bleiben, wieder andere konnte ich von meiner Schwester erfahren, die bereits 10 Jahre vor mir aus erster Ehe meines Vaters hervorging.

Wie nun der Maschinist Wilhelm Bergemann mit der Familie Rösicke Kontakt bekam, genau so wie und wann meine spätere Oma Anna in Rathenow sesshaft wurde, bleibt jedenfalls im Nebel der geheimnisvollen Vergangenheit gehüllt, und wir werden es wohl nie erfahren. Jedenfalls soll sich dieser Wilhelm Bergemann in Anna Rösicke verliebt haben, aber einer Ehe stand eine alte Tradition im Wege, die es vorschrieb, dass sich immer erst die ältere Tochter der Familie verheiraten musste, oder sollte man besser sagen „verheiratet wurde"? Heute schütteln wir erstaunt den Kopf, aber damals hieß es „Altes Brot wird zuerst gegessen".

So kam es dann folgerichtig, dass Luise, die Schwester meiner späteren Großmutter, den Namen „Bergemann„ erhielt. Aber die erste Liebe zwischen Wilhelm und Anna blieb ein ganzes Leben lang bestehen und sollte auch später ihre Früchte tragen, denn aus ihr gingen drei Kinder hervor: Martha, Klara und Ernst (mein Vater).

Familienbild 1932
Von links nach rechts:
ganz oben: Otto u. Karl Bergemann, nächste Reihe:
ihr Vater Wilhelm, Paula (Frau von Karl) darunter ihr Sohn Kurt, Grete Kahlbau, meine Mutter Meta Wagener,. Bruder von Wilhelm Bergemann, mein Vater Ernst Bäsekow. Untere Reihe:
Frieda (Frau von Otto), die Geschwister Luise Bergemann u. Anna Bäsekow (meine Oma), Edith Bäsekow (meine Schwester) und Klärchen Kahlbau (meine Tante)

Aber es gab da noch eine zweite Hürde. Außer in Adelskreisen galt ein uneheliches Kind zur damaligen Zeit als unehrenhaft und nahm meist mit dem Schimpfwort „Bastard" eine nicht gerade anerkannte Stellung ein. Daraus erklärt es sich, dass ein gichtkranker Schäfer aus Friesack mit Namen Rudolf Bäsekow, der seinen Beruf nicht mehr ausüben konnte, gefunden wurde, um die Rolle eines Ehemannes meiner Großmutter zu übernehmen. Er wurde sozusagen in die Familie aufgenommen, gab ihr seinen Namen und lebte bis zu seinem Tode geborgen und behütet, wahrscheinlich auch zufrieden, in der Rathenower Mittelstraße Nummer 15.
Ich besitze so viele Fotos von meinen Vorfahren, doch unseren Rudolf Bäsekow habe ich nirgends entdecken können. Meine Schwester Edith war gerade einmal 9 Jahre, als er mit 70 Jahren am 24.Januar 1934 verstarb.

So waren meine Großmutter, mein Vater und auch meine Schwester zu dem Familiennamen „Bäsekow" gekommen. Aber was spielt das letztendlich schon für eine Rolle, wir hätten auch genau so gut „Rösicke" oder „Bergemann" heißen können und wären doch dieselben Menschen geworden.

Als mein Vater, ebenfalls im Jahre 1934, meine Mutter Meta Wagener ehelichte, gab es wohl auf einer im Standesamt neu angeschafften Schreibmaschine keine Taste mit dem Buchstaben „ä", so dass auf der Heiratsurkunde die „modernere" Schreibweise des Namens, nämlich „Baesekow" erschien (wie vielleicht auch Krueger oder Boehm entstanden sind).

Ein treffendes Zitat besagt ja: „Name ist Schall und Rauch". Was wirklich zählt, sind die menschlichen Eigenschaften, die von Generation zu Generation vererbt werden. Und ich bin überzeugt, dass die althergebrachten traditionellen Fesseln, die sich auch in unserer Familie zeigten, nichts an der Tatsache geändert haben, dass unabhängig davon die liebevolle Zuneigung ihre segensreichen Früchte getragen hat.

Bei unseren Nachkommen können wir feststellen, dass sich die Auffassungen über Liebe und Ehe in mancher Beziehung erfreulicherweise gewandelt haben, zumindest was die skurril anmutenden Zwänge der Vergangenheit betrifft. Kürzlich hörte ich in einer Fernsehsendung, dass jetzt in Ostdeutschland über 50% der Kinder geboren werden, ohne dass ihre Eltern verheiratet sind. Auch unsere drei Urenkel sind allesamt „uneheliche" Kinder, tragen den Namen ihrer Mütter. Von den sieben Enkeln heißen vier „Baesekow" und drei „Dedow". Es gelten eben in der jetzigen Zeit neue, vernünftigere Auffassungen und Gewohnheiten. Und das ist gut so!

Es war das Jahr 1937. Genau 4 Wochen nach dem Tod meines Großvaters Hermann Wagener erblickte in dem neumärkischen Ackerbürgerstädtchen Woldenberg ein kleines Mädchen das Licht der Welt. Eine sehr große Zahl von Zufällen war notwendig (manche sagen, es war Vorsehung), dass diese Helga Meyer mit 16 Jahren in der Oberschule von Rathenow einen Schüler der 12. Klasse kennen und lieben lernte. Diese Liebe hielt ein Leben lang und war die Voraussetzung dafür, dass auch ein Hermann Wagener seine Eigenschaften und Besonderheiten an spätere Generationen so gut überliefern konnte. Denn die Liebe von Helga und Hans erfüllte sich, als in Abständen von ungefähr zwei Jahren ihre Kinder Tomas, Christina und Hardy geboren wurden.

Es war eine schöne Zeit, die drei aufwachsen und sich zu liebenswerten Menschen entwickeln zu sehen. Die Jahre vergingen viel zu schnell, und als sie selbst erwachsen waren, kam der Augenblick, als 1979 Helga und Hans ihren ersten Enkelsohn geschenkt bekamen und sie sich nun auch mit der Rolle von Großeltern zurechtfinden konnten. Ein kleiner Schmalfilm dokumentiert noch heute, wie wieder ein Opa mit seinem Enkelsohn, fast von gleichem Alter wie der von 1936, auf dem Weinberg spazieren gehen. Es wiederholt sich eben vieles im Leben, und es sind manchmal die gleichen Wege, die schon die eigenen Großeltern gegangen sind.

Als der letzte der sieben Enkelsöhne geboren wurde, hatte der erste bereits das 19. Lebensjahr erreicht. Zu diesem Zeitpunkt näherten wir uns der Jahrtausendwende, und viele Ereignisse hatten bis dahin neben glücklichen Stunden auch leidvolle und erschütternde gebracht. Zuerst betraf es die Familie unseres inzwischen nach Rostock übersiedelten Sohnes Tomas. Nun ist es ja keine Seltenheit, dass eine Ehe zerbricht, aber wenn sich so etwas im eigenen engeren Umkreis ereignet, erscheint es doch schmerzhaft und hinterlässt Wunden, besonders - aber nicht nur - für die unmittelbar Betroffenen. Auch die Eltern und Großeltern leiden darunter. Als Folge blieb die Tatsache, dass sich für die Großeltern in Wolfen die beiden ältesten Enkelsöhne merklich aus ihrem Gesichtsfeld entfernten. Die Zeit heilt Wunden? Jedenfalls geht das Leben weiter, wenn sich auch nur langsam die Narben bilden. Tomas heiratete später seine Marita, und damit bekamen Helga und Hans ihren neuen Enkelsohn Dennis.

Die Töchter von Hermann Wagener waren 1986 und 1987 im Altersheim Neufriedrichsdorf (Rathenow) verstorben, meine Mutter Meta am 26.6.1986, ihre Schwester Elisabeth auf den Tag genau ein Jahr später.

Sie erlebten nicht mehr das Unvorstellbare, als sich im November 1989 die Grenzen zwischen der DDR und der Bundesrepublik öffneten und ein einheitliches Deutschland wiedergeboren wurde. Unser Schwiegersohn nahm eine Arztstelle in Dessau an, und wir bauten dort auf unserem Gartengrundstück in der Lindenstraße ein neues Haus. Im November 1991 erfolgte unser Umzug; nach über 30 Jahren Aufenthalt verließen wir die Chemiestadt Wolfen, die uns nie so richtig zur Heimat geworden war. Kurz danach endete auch mein Berufsleben, als ich mit 57 Jahren ausgesondert wurde. Ein halbes Jahr später folgte meine Helga. 1995 heiratete unser jüngster Sohn Hardy in Weimar seine Heike, und am 7.11.1997 erblickte unser letzter Enkelsohn Franz Valentin, das Licht der Welt.

Da in dieser kleinen Geschichte jeweils der Großvater und seine Enkel die Hauptrolle spielen, will ich schließlich meine sieben Nachfahren nochmals kurz Revue passieren lassen, und zwar aus dem Blickwinkel des Jahres 2006.

René´ arbeitet in einer großen Rostocker Privatfleischerei und soll bald zum Meisterlehrgang nach Hamburg gehen. Marcel will seinen Großeltern nacheifern, wenn er schon als Student und glücklicher Vater mit seinem Max Gabriel für Nachwuchs gesorgt hat. Dennis geht da noch einen Schritt weiter; seine Melanie hat ihm schon zwei muntere Knaben geboren, Lukas und Niklas. Wir bewundern ihn für sein ständiges Bemühen, eine vernünftige Arbeit zu finden. Dann kommen die drei Dedow´schen Enkelsöhne. Sebastian geht mit großem Einsatz auf sein Ziel zu, einmal als Arzt in die Fußstapfen seines Vaters zu treten. Er studiert in Leipzig, genau wie sein Bruder Florian, der mit seiner Partnerin Esther gemeinsam versucht, ebenfalls die hohen Hürden der Prüfungen zu überspringen. Maximilian folgt naturgemäß etwas später den Lebensstationen seiner Brüder. Gerade ist er von seinem einjährigen Aufenthalt in den USA zurückgekehrt, um in seiner neuen Heimat Oberfranken die letzte Klasse des Gymnasiums zu absolvieren. Ich saß staunend neben ihm, als er an seinem Computer mit einer kleinen Kamera eine Sichtverbindung mit seiner Freundin Kayla in Nashville zu ausgedehnten Gesprächen nutzte. Bleibt das Nesthäkchen unserer Enkelschar, Franz Valentin. Als Schüler der 2. Klasse in Thüringen erbrachte er so exzellente Ergebnisse, besonders in Mathematik, dass seine Großeltern voller Freude und Stolz erfüllt sind. Soll es wirklich schon einige Jahre her sein, als er mit seinem Opa und seinem Cousin Maximilian in Dessau glückliche Stunden verlebte, als unser Labrador Cäsar sein Dreirad ziehen durfte und wir gemeinsam durch den so bezeichneten „Urwald" streiften?! Etwa zu dieser Zeit erreichte mich auch per E-Mail ein gesprochenes Gedicht von Franz, und der glückliche Opa bekam feuchte Augen:

Wenn mein Opa mit mir geht,
dann hat alles einen Namen:
Vogel, Falter, Baum und Blume.
Wenn mein Opa mit mir geht,
dann ist die Erde nicht mehr stumm.
Kommt die Nacht und kommt das Dunkel,
zeigt mein Opa mir die Sterne.
Er weiß, wie die Menschen leben,
was Recht und was Unrecht ist.
Sagt mir, wie ich werden soll.

Eine kluge Frau mit Namen Ute Döser, sicherlich auch eine Großmutter, formulierte einmal folgende Sentenz:
„*Seltsam, diese Liebe der Großeltern zum kleinen Volk. Das Wunder des Wachsens erleben sie nun beim zweiten Mal, nach den eigenen Kindern, mit vielleicht noch größerem Staunen. Großeltern, meist nicht unmittelbar eingespannt in die tägliche Sorge ums Kind, haben mehr Abstand und mehr Muße dazu. Und das genießen sie, voller Stolz.*"
Es ist doch für uns Großeltern so erfreulich, dass ihr Sinn des Lebens in Erfüllung geht, denn wie sonst könnten wir für die kommenden Generationen ein klein wenig von uns selbst mitgeben. So schließe ich mit der Hoffnung, dass einer meiner Enkel, wenn er selbst einmal die Erfahrung eines Großvaters gesammelt hat, diese kleine persönliche Geschichte weiterführen möchte. Und vielleicht denkt er dann auch so liebevoll an seinen Opa zurück, wie ich an Hermann Wagener.
„*Wie wäre das, eine Möglichkeit nur, dass vielleicht eine Spur bleibt von den Gedanken, die man gedacht hat: Buchstaben, schwarze, auf weißem Papier, zu Worten geronnen. Wenn ich mir vorstell, irgendein Enkel wird kommen, und ein Gedanke von meiner Person wird ausgehen von diesen Zeilen und erreichen des Enkels Bewusstsein, und auf einmal werd ich da sein, in dem Enkel, für einen flüchtigen Augenblick.*"
(Stefan Heym)

9. Ein Tag im Februar (2007)

Als ich heute zum Arzt ging, schaute ich wie zufällig auf eine alte knorrige Eiche am Wegesrand. Ich dachte so bei mir, eigentlich geht es dir wie diesem Baum, der auf den Frühling wartet, damit er wieder Knospen bekommt und weiterleben kann. Vielleicht sieht er im Innern des Stammes gar nicht mehr so stabil aus; das Alter hat seine Spuren hinterlassen, und ein Sturm kann ihn eines Tages umstürzen. Aber was soll es! Aus seinen Früchten stehen neben ihm schon andere neue kräftige Bäume, und sogar aus diesen haben sich wieder kleine Sprösslinge gebildet. So ist die Natur! Das Alte muss eines Tages vergehen und dem Neuen Platz schaffen. Der alte Baum hat so oft die erwachende Natur gespürt, geblüht und seine Früchte entwickelt.

„Panta rhei" – „Alles fließt" hat einmal der große Philosoph Platon gesagt. Wie schön, wenn wir uns als einen Teil dieser Natur betrachten können, wenn wir mit Stolz auf unsere Kinder und Kindeskinder schauen, dann hat sich auch unser Leben gelohnt. Auch der alte Baum möchte noch nicht absterben oder vom Sturm gefällt werden. Wie der alte Mensch, der sich sowohl an die schönen Stunden seiner Vergangenheit erinnert, als auch die gereiften Freuden der Gegenwart noch lange nicht entbehren möchte, wohl wissend, dass er als Teil der Natur auch eines Tages die Sonne zum letzten Male aufgehen sieht. Ich kann den Menschen verstehen, dessen Urne dann unter einem Baum, **seinem** Baum, bestattet wird; er bleibt auch dann noch symbolisch ein Teil der Natur. Vielleicht sollte ich einmal mit Gerald Ramm vom Bestattungsinstitut Woltersdorf sprechen, ob eine solche Möglichkeit im Friedwald von Hangelsberg infrage kommt. Ich weiß, unser Sohn Tomas möchte für seine Eltern lieber eine Grabstelle zum stillen Angedenken besitzen, so wie wir sie in Rathenow gleich für unsere vier nahesten Verwandten (meine Eltern, meine Tante Lieschen und mein Onkel Max) eingerichtet haben, für jeden von ihnen mit dem ursprünglichen Grabstein.

Doch die Zeit eilt so rasend schnell, dass bald der Zeitpunkt erreicht ist, wo so eine Gedenkstelle von den kommenden Generationen in Vergessenheit gerät.

Vier Generationen vor mir wurde am 30.6.1797 in dem kleinen Haveldörfchen Gülpe ein gewisser Johann Christian Rösicke geboren. Aus seiner Ehe mit Catharine Dorothee Winter ging am 3.4.1829 ein Sohn hervor, er hieß wieder Christian Rösicke und sollte einmal mein Urgroßvater sein, denn seine Tochter Anna Rösicke, am 8.11.1864 geboren, wurde später mit fast 70 Jahren meine Großmutter aus der Rathenower Mittelstraße.

Meine Vorfahren hatten sicherlich alle eine würdige Grabstelle, aber die Zeit hat diese, fast schon wie die Erinnerung, ausgelöscht. Geblieben ist das große Staunen über die Wunder der Natur. Alle diese Vorfahren haben ihr Leben gelebt, haben gelacht und geweint und ihre Charaktereigenschaften in liebevoller Umarmung an ihre Nachkommen übertragen. So hat die Natur dafür gesorgt, dass ich der ganz besondere Mensch geworden bin, mit all seinen Stärken und Schwächen. Und heute, da ich den Zieleinlauf meines Lebens bald schon vor mir habe, schaue ich mit innerer Zufriedenheit auf unsere drei Kinder und die vielen Enkelsöhne; mir fällt wieder der treffliche Spruch ein: „Kinder sind lebende Botschaften, die wir einer Zukunft übermitteln, an der wir selber nicht mehr teilhaben werden".

Mein Urgroßvater Christian Rösicke

Schließlich komme ich auf den Anfang meiner kleinen Geschichte zurück, auf die Gedanken, die ich mir zufällig beim Anblick einer alten Eiche machte. Ich zitiere einen berühmten Schriftsteller, dessen Romangestalt Ivanhoe in einem Satz ausdrückte, was ich nicht besser sagen kann:

„Lass nur den alten Baum absterben, wenn nur die Hoffnung des Waldes bewahrt wird".

10. Nachwort

Es war in den ersten Tagen des Monats Mai 2008 in Groß Zicker auf der Insel Rügen. Wir saßen in froher Runde auf der Terrasse unseres Ferienhauses. Die Neugermanen hatten gerade das 47. Sportfest beendet. Eine stolze Bilanz, auf die die Mitglieder dieser bereits am 5. Februar 1954 gegründeten Freundesvereinigung zurückblicken konnten.

Zwei unserer alten Freunde fehlten leider schon in dieser Runde. Macy hatte uns vor fünf Jahren und Wessy im letzten Jahr verlassen. Für uns alle natürlich viel zu früh. Aber so ist nun einmal das Leben. Doch wie steht es so treffend im Kompendium von Toma: „Man geht niemals so ganz".

So waren auch diese beiden Germanen in unserer Mitte, waren Gegenstand der Gespräche, wenn wir über unsere gemeinsame Vergangenheit sprachen.

Aber es saßen wieder sechs Freunde mit ihren Frauen in der Runde. Unser alter Freund Timm Seeger war wieder zu uns gestoßen. Per Internet stöberten Toma und ich ihn in den Studierstuben der Technischen Hochschule Darmstadt auf. Seit nun schon über vier Jahren kämpft er mit um Punkte beim Sportfest, aber mehr noch, er bereichert durch seine eigenen Erlebnisse unsere" Rückschau" auf die zurückliegende Zeit.

Über vierzig Jahre trennte uns eine menschenfeindliche Ideologie, waren wir voneinander abgegrenzt worden. Aber der „real existierende Sozialismus" konnte Freundesbande nur zeitweilig unterbrechen.

Zurück zu unserer Runde in Groß Zicker. Toma präsentierte uns sein gerade erst gedrucktes Werk „Mein Kompendium" und las daraus einige Geschichten und Weisheiten vor. Wunderbar. Er sagte dann auch, dass vor allem sein Jüngster, Hardy, ihn drängt, nun auch die „Kleine Rathenower Geschichte" zu vollenden und in gleicher Weise zu veröffentlichen. Wir stimmten dem sofort zu. Wir alle waren ja in dieser Geschichte irgendwie auch verewigt. Wir waren, der eine mehr, der andere weniger, Wegbegleiter unseres Freundes Toma gewesen.

Ich erklärte mich sofort und spontan bereit, ein Vorwort oder ein Nachwort zu schreiben. Ich kannte ja das erste Manuskript, das seit Jahren in meinem Schreibtisch liegt und wusste um die Bedeutung dieser " Geschichte ".

Gesagt und nun auch getan. Es ist ein Nachwort geworden. Ein Vorwort hätte doch bedeutet, der Geschichte etwas vorwegzunehmen, dem Leser etwas sagen zu wollen, was Toma doch erst berichten will. Nein, ein Nachwort soll das Gesamte würdigen, soll seine Einmaligkeit bestätigen und auch Dankbarkeit ausdrücken, dass neben vielem

Persönlichem, sehr viel Gemeinsames von uns alten Freunden dargestellt wird. Und ich fühle mich dabei ganz persönlich angesprochen, denn es ist nun fast schon ein dreiviertel Jahrhundert, dass wir Freunde und Weggefährten sind. Und es bestätigt sich auch hier, dass man Freunde in seiner Jugend gewinnt, dass Freundschaft gemeinsame Wurzeln hat, eine gemeinsame Umwelt, in der sie gewachsen ist und sich geformt hat.

Was Toma über Jahrzehnte in seinen Aufzeichnungen und Tagebüchern festgehalten bzw. in seinem Gehirn gespeichert hat, ist bemerkenswert. Es ist Beweis dafür, dass er doch immer bewusst gelebt hat, dass sein Blick auf das Gestern auch immer ein Blick voraus war. Toma hatte immer Ziele vor Augen und man konnte sich auf das, was er sagte, auch verlassen. Ein Einwurf hierzu in der oben genannten Runde von Helga - " Als Hans mich das erste Mal nach Hause brachte, da sagte er, dich werde ich heiraten " Und Toma hat Wort gehalten. Kann man diese Charaktereigenschaft besser bestätigen?

Die " Kleine Rathenower Geschichte " umfasst gesellschaftliche Epochen, die natürlich die Entwicklung aller handelnden Personen entscheidend mit beeinflussten.

Geboren in der Zeit des aufkommenden Nationalsozialismus, der sich dann bald als das grausamste Mordregime der Geschichte zeigte. Wir alle waren von diesen Grausamkeiten betroffen, hatten Väter und Verwandte im Krieg verloren, die Häuser waren zerstört, viele hatten die Heimat verloren und hier nun eine neue gefunden.

Diese Trümmerlandschaft war der Beginn unseres bewussten Lebens, das wir versuchten, dann auch selbst zu gestalten. Diese Zeit schildert Toma mit vielen Beispielen sehr deutlich. Kein Krieg mehr und der Sozialismus hatte das auch auf seine Fahnen geschrieben. Die vielen Erlebnisse mit unserem Schulchor bestätigen das. Am 22. Mai diesen Jahres trafen sich alte Chorfreunde in Semlin bei Rathenow und blickten auf den 60. Jahrestag der Gründung unseres Chores zurück. Wir sangen gegen das Verderben und für eine glückliche Zukunft. Und so marschierten wir in den " Aufbau des Sozialismus " hinein.

Es war eine Gesellschaftsordnung, die sich Sozialismus nannte, wo die Diktatur des Proletariats, wie sie Karl Marx einst definierte, bestimmen sollte, wo aber letztlich das Diktat des Politbüros der SED bestimmte, was zu tun war, was gut und böse, was richtig und falsch war. Erst später, nach der politischen Wende im Herbst des Jahres 1989, wurde das Ausmaß dieser Politik, dieser ideologischen Vergewaltigung uns allen so richtig bewusst. Wieder einmal waren wir betrogen worden.

Der über Jahrzehnte tobende sog. " Kalte Krieg " hatte seine Opfer gefordert. Und wir wissen heute, dass Ost und West diesen Krieg angeheizt haben. Es ging wieder einmal um Macht. Und die Menschen mussten darauf ideologisch vorbereitet und ausgerichtet werden.

Unlängst sprach ein ehemaliger Oberst der NVA in einem Interview zu den Ereignissen des Prager Frühlings - " wir wurden betrogen, man hat uns nicht die Wahrheit gesagt. Schlimmer aber noch, wir wurden erzogen, uns selbst zu belügen „. Eine Einschätzung, wie sie treffender kaum gemacht werden kann.

Toma schildert Ereignisse, die sich hier einordnen. Und wir können sagen, wir waren nie „Hardliner", keine verbohrten Parteifanatiker. Wir behielten immer unsere eigene Freiheit, bemühten uns, unser eigenes Denken zu erhalten und es, soweit es unter den gegebenen Umständen überhaupt möglich war, zu gestalten. Nur Eingeweihte wissen, was wir meinten, wenn wir in einer stillen Ecke ein Lied " dummten ". Auch das war ein Bekenntnis von uns. " Neugermania - das sind wir ".

Ich erinnere mich an eine Veranstaltung in Rathenow im Bellevue, vielleicht hieß unser Kino da auch schon Aktivist (die Umbenennung erfolgte und wurde begründet, weil es in Rathenow so viele Aktivisten gab, eine Ehre für sie also - Sozialismus pur -). Das Präsidium konstituierte sich. Die Genossen und Freunde wurden aufgerufen, auf der Bühne Platz zu nehmen. Plötzlich ein Schrei aus den hinteren Reihen. Ein Blauhemd schlug mit euphorischer Stimme vor, den Genossen Joseph Wissarionowitsch Stalin in Abwesenheit in das Ehrenpräsidium zu wählen. Der anschließende tosende Beifall erübrigte eine Abstimmung.

Mit unserem Chor sangen wir auch die Stalin - Kantate. Es war auf der Bühne der ehrwürdigen Komischen Oper in Berlin in der Behrenstrasse. Wilhelm Pieck, braungebrannt vom Urlaub auf der Krim, saß in der ersten Reihe. Wir ernteten großen Beifall. Wie Toma schreibt, wurden wir DDR-Vizemeister der Chöre und nahmen an den Weltfestspielen der Jugend und Studenten 1951 in Berlin teil. Das alles war ein tolles Erlebnis.

Aber unsere Hymne auf den großen Führer des Sowjetvolkes, den Wegbereiter in die lichte Zukunft des Kommunismus etc. hatte damals schon einen bitteren Beigeschmack. Es gab Gerüchte und RIAS und SFB schürten das natürlich, dass Stalin ein brutaler Diktator ist, dass auf sein Konto Mord, Vertreibung und Ausrottung ganzer Völkerschaften geht. Eine Parallele zu Hitler , nur mit einem anderen Vorzeichen ?. So etwas zu denken und auszusprechen war damals fast Selbstmord, auf jeden Fall Zuchthaus. Erst viel später, auf dem denkwürdigen XX . Parteitag der KPdSU legte Nikita Chruschtschow erstmals die Wahrheit über die Grausamkeiten des Stalinismus dar. Eine traurige Erkenntnis. Es ist auch bemerkenswert, dass dieser Beitrag von Chruschtschow mit seinem ganzen Inhalt nie in der DDR veröffentlicht wurde. Die

Mitwisser im Politbüro der SED hätten Farbe bekennen müssen. So schlängelte man sich durch die Geschichte, mit Lügen und mit Halbwahrheiten. Und die Zeit lässt über vieles auch Gras wachsen. Der Kopf des großen Stalin prangte zwar fortan nicht mehr auf den Titelseiten der Werke der Klassiker des Marxismus - Leninismus, aber er blieb eine angesehene Persönlichkeit.

So waren wir auch in unserer Klasse dagegen, einen Brief an das ZK der KPdSU zu unterschreiben, der mit " Teure Genossen " begann. Der Begriff " teure " hatte für uns eine andere Bedeutung, persönliche Beziehungen, Liebe etc. Das empfanden wir hier nicht. Toma und ich mussten wieder als die Klassensprecher ran. Mit verändertem Text unterschrieben wir. Dieses Mal hatten wir keinen Handschuh, den wir nachher verbrennen konnten. Herr Sparmann und Heinz Schirrholz warnten und mahnten. Wir waren ja erst am Anfang unserer Karriere.

Toma schreibt viel über unseren Klassenlehrer, Schuldirektor und Freund Dr. Heinz Schirrholz. Er war durch die Parteidiktatur viel gedemütigt worden, wegen Kleinigkeiten, Nichtigkeiten, die aber abweichend von der offiziellen Parteilinie waren, wie zumindest die zuständigen Genossen meinten. Keine eigene Meinung war gewünscht, Apparatschiks waren willkommen.

Er besuchte mich in Rostock in den 70ger Jahren. Er war degradiert, Leiter der Lehrerfortbildungsstelle oder so etwas Ähnliches. Heinz Schirrholz, scherzhaft von uns auch Herrschi genannt, war überzeugter Sozialist. Er wurde nach der Wende auch Mitglied der PDS mit der Begründung, „dass solche Leute niemals wieder an die Macht kommen dürfen." Möge er Recht behalten.

Für uns jedenfalls war und bleibt Herrschi ein Vorbild.

Wenn ich an den Nachfolger damals 1951 denke, an einen gewissen Schmidtke, dann wird mir heute noch übel. Kaum Niveau, aber linientreu.

Es lassen sich noch viele Ereignisse anführen, die in diese Zeit fallen. Wir radelten durch die Republik, lernten unsere schöne deutsche Heimat kennen. Aber die ersehnte Moselfahrt, angeregt durch den Film „Moselfahrt mit Monika", gab es nicht . Da war die Grenze und Westgeld hatten wir auch nicht (erst 40 Jahre später lernten wir dann die Schönheiten auch der Mosel kennen. Jetzt aber nicht mehr per Fahrrad, sondern mit dem Auto).

Aber nach Westberlin fuhren wir doch manchmal. Toma schreibt dazu auch, nennt die Wildwest - Romane, die uns zu unseren Spielen anregten.

Entsprechende Filme untermauerten das. Es mussten auch mitunter Ersatzteile für das Fahrrad beschafft werden. Es gab da alles, aber es war für uns auch schweineteuer. Wir mussten schließlich 4 oder 5 zu 1 umtauschen .Macy holte sich sogar einen Vorbaulenker, was ihm dann Vorteile bei den folgenden Radtouren verschaffte. Ich kaufte auch einmal ein Päckchen Zigaretten, " Golddollar ". Inhalt 5 Stück ! Wir rauchten sie irgendwann dann gemeinsam. Solch Unfug gehörte eben auch zu unserer Jugend.

Ich erinnere mich auch an eine kleine Episode während unserer ersten Ostsee - Radtour, deren Teilnehmer Toma, Macy und ich waren. Abends schmierten wir unsere Stullen in einer Gaststätte (man stelle sich das heute einmal vor, Brot, Margarine, etwas Wurst und Käse, alles auf den Tisch der Kneipe). Toma und ich tranken unsere Brause. Macy stellte den Antrag, ein Glas Bier trinken zu dürfen. Wir genehmigten ihm das. Wir waren schließlich schon immer gute Demokraten.

In den zurückliegenden Wochen las ich mit großem Interesse die Lebensgeschichte von Ralph Giordano - " Erinnerungen eines Davongekommenen ". Eine für mich großartige Betrachtung des eigenen Lebens mit allen Fehlern, mit Höhen und Tiefen. Und geprägt immer von einer tiefen Menschlichkeit. Ein überzeugter Kommunist wird durch die Realität überzeugt, dass diese Form von Gesellschaft nicht human ist, nicht für die Menschen gemacht ist. Er bekennt auch, dass die BRD, wo er immer gelebt hat, viele Defizite auf dem Gebiet sozialer Gerechtigkeit hat. Hier besteht nicht die Gefahr einer neuen Diktatur einer Partei, aber die Gefahr, dass die Macht des Geldes übermächtig zwischenmenschliche Beziehungen gefährden und zerstören kann.

Auch Wolfgang Leonhard, in Gedanken und Auffassungen , wie auch im Äußeren mit Giordano ähnlich, löst sich aus Erfahrungen und Erkenntnissen, er war einst immerhin Mitstreiter von Walter Ulbricht in den ersten Jahren nach Kriegsende, vom Kommunismus und klagt diesen an. " Die Revolution entlässt ihre Kinder " ist Anklage und Bekenntnis zu Freiheit, Demokratie. und Menschlichkeit.

Wir konnten solche Literatur leider nicht lesen. Wie schon einmal gesagt, wir kannten vieles und ahnten vieles. Aber schließlich lebten wir hier, hatten uns hier " eingerichtet " und unsere Kinder waren auf dem Weg zu ihrer eigenen Karriere.

Hätte man uns irgendwann in dieser Zeit gesagt, die DDR, das sozialistische Weltsystem wird zusammenbrechen, hätte es keiner geglaubt, keiner für möglich gehalten.

Dass es dann zusammenfiel wie ein Kartenhaus, das hätte auch keiner geglaubt. Bei aller " Hilfe " aus dem Westen - es war nicht mehr lebensfähig. Die Negierung von Glasnost und Perestroika war das letzte offene Bekenntnis der Parteiführung - wir machen weiter, wie bisher. Kurt Hager sagte: " Wenn der Nachbar seine Wohnung renoviert, müssen wir es nicht auch tun. Unsere ist sauber ". Politische Bankrotteure leisteten ungewollt den Offenbarungseid.

Wir alle haben dann unsere Wohnung selbst renoviert.

So leben wir nun schon achtzehn Jahre als Bürger der BRD in unseren altangestammten Orten, aber eben in den " Neuen Bundesländern „. Wir können nicht klagen, freuen uns, dass es uns in der Gesamtheit gut geht. Und Meckerer und Besserwisser gibt es immer und überall .Die sollten wir, wie früher auch, links liegen lassen. Ihr Lebensinhalt ist Meckern, Bessermachen können solche Typen nichts.

Die Neugermanen haben auch diese vorerst letzte Zeitenwende gut überstanden. Alle haben sich die Welt mit eigenen Augen ein bisschen näher angesehen. Zur Jahrtausendwende starteten wir unser Sportfest, seit vielen Jahren nun immer zusammen mit unseren Frauen, in " Übersee ", das war auf der wunderschönen Ostseeinsel Bornholm.

Die " Kleine Rathenower Geschichte " ist ein Blick zurück. Sie fordert aber geradezu heraus, weiter nach vorn zu schauen, sein eigenes Leben in und mit der Familie und mit den Freunden aktiv zu gestalten.

Und in diesem Sinne hat Toma's Geschichte seine Aufgabe erfüllt. Persönlich und gewiss auch im Namen aller „Angesprochenen" sage ich: „Danke, Toma".

So wie wir beide auf dem Bild am 22. Mai 2008 in Rathenow vor dem Haus Bergstrasse 4 stehen, so hoffe ich, dass wir mit unseren Freunden noch oft zusammen sein werden und die " Kleine Rathenower Geschichte " so ihre Fortsetzung finden möge.

Günter Hinneburg

oder im Freundeskreis besser bekannt als

Texas

Rostock, im Mai 2008